Astrid Florence Cassing

Eine halbe Sekunde

Kurzroman

Impressum

Bibliografische Information der Deutschen Nationalbibliothek: Die Deutsche Nationalbibliothek verzeichnet diese Publikation in der Deutschen Nationalbibliografie; detaillierte bibliografische Daten sind im Internet über dnb.dnb.de abrufbar.

Lektorat & Korrektorat
Ulrike Parthen

Umschlaggestaltung, Layout, Buchsatz
Vera Fechtig, Owlet Grafikdesign e.U.

Bildnachweise
Illustration für Cover-Gestaltung: Nadiiiya, Bild-Nr. 2150790179, shutterstock.com
Porträt: Ronny Barthel

Druck und Distribution im Auftrag der Autorin
tredition GmbH, Heinz-Beusen-Stieg 5, 22926 Ahrensburg, Deutschland

ISBN 978-3-384-02447-3

Die Geschichte beruht auf wahren Begebenheiten.
Sämtliche Personen und Handlungen sind jedoch frei erfunden.

Inhaltsverzeichnis

Wenn von

einer

Sekunde

auf
die
andere
nichts mehr ist,
wie es
einmal war.

11. Oktober 2019

Meine Augen sind schwer. Ich will sie öffnen, sie fühlen sich jedoch an, als ob Sandsäcke auf ihnen liegen würden. Ich bekomme sie partout nicht auf und bin unendlich müde. Dann höre ich Stimmen, die mir fremd sind. Und woher kommt dieser unangenehme Geruch nach Desinfektionsmitteln?

„Kann mir bitte mal jemand sagen, was hier los ist und warum ich meine Augen nicht geöffnet kriege?", möchte ich laut schreien. Es bleibt bei der Theorie. Die Schreie verhallen stumm in meinem Kopf und mein Körper lässt sich auch nicht kontrollieren. Ich liege einfach nur da und kann mich nicht bewegen. Keinen einzigen Millimeter! Ein erschreckender Zustand. Ich versuche zu verstehen, welcher es sein könnte. Schlaf, Traum oder bin ich tot? Ich möchte es unbedingt herausfinden und spüre ganz genau hin. Mein

Körper kommt mir fremd vor, nicht zu mir gehörig. Angst kriecht in mir hoch, die sich rasend schnell in Panik ausweitet. In dem Moment wird mir klar, dass etwas noch nie Dagewesenes vorgeht. Wenn ich nur wüsste, was?

„Hört ihr mich da oben im Himmel? Ich will das alles nicht! Bitte dreht die Uhr ein kleines Stück zurück – in die Zeit, wo ich Herrin über mich selbst war", denke ich verzweifelt.

Keine Reaktion und noch immer keine Erklärung.

„Claire, beruhige dich und konzentriere dich auf etwas Positives. Beispielsweise einen schönen Moment in deinem Leben", flüstert mir meine innere Stimme zu. Spontan fällt mir Sternschnuppe ein, mein treuer Pferdebegleiter. Ich spüre die Wärme an meinen Beinen, die sein Körper abgibt. Ich höre sein Schnaufen beim Galopp, während wir uns im Takt bewegen. Die frische Herbstluft streift mein Gesicht.

Es ist wie ein Tanz, wunderbar leicht, der Kopf dabei leer, ohne die vielen Gedanken, was alles noch erledigt werden darf. Ich genieße den Moment. So könnte es für immer bleiben. Tut es aber nicht. Ungewollt switche ich zurück in die gegenwärtig beängstigende Situation. Grelles Licht blendet mich. Das spricht dafür, dass ich meine Augen endlich öffnen konnte. Die Helligkeit macht mich beinahe wahnsinnig. Langsam gewöhnen sich meine Augen daran. Ich blicke mich um. Ein steriler Raum offenbart sich mir. Ich liege in einem Bett, habe höllische Schmerzen und Angst. Diese verdoppelt sich schlagartig, als ich erkenne, dass unzählige Schläuche aus meinem Körper zu diversen Gerätschaften führen.

„Wie geht es Ihnen?", fragt mich jemand mit sanfter Stimme.

Ich schaue verständnislos in die Augen einer Krankenschwester. Was soll ich da jetzt sagen?

Fantastisch, beschissen, fragen Sie mich was anderes?

„Es ging mir schon mal besser", antworte ich stattdessen.

„Möchten Sie etwas trinken?"

Sie hält mir einen Trinkbecher mit einem Strohhalm an den Mund. Ich habe keinen Durst und drehe meinen Kopf zur Seite. Dabei schweift mein Blick aus dem Fenster. Viel kann ich nicht erkennen. Nur ein kleiner Ausschnitt des Himmels streift mein Blickfeld. Er ist grau und schaut trostlos auf die Erde herab. Damit spiegelt er exakt mein Inneres wider. Das Klingeln eines Telefons reißt mich aus den trübseligen Gedanken. Die Krankenschwester nimmt den Anruf entgegen. Sie spricht leise, sodass ich nicht verstehen kann, was sie dem Anrufer antwortet. Ich spüre allerdings, dass es bei diesem Telefonat um mich geht. Sie legt auf und kommt erneut zu mir.

„Sie können bald schon auf Station verlegt werden. Dort wartet Ihr Mann auf Sie."

Endlich! Ich kann es kaum erwarten, jemand Vertrautes zu sehen. Eine andere Schwester holt mich von der Intensivstation ab. Sie schiebt mich über den grauen Krankenhausflur, am Ende dessen hinein in einen Aufzug und kurz danach wieder hinaus. Weiter geht's durch den nächsten Flur. Dann sind wir da. Noah empfängt mich besorgt vor dem Zimmer.

„Claire", ruft er und hat Tränen in den Augen.

Er nimmt meine Hand, während die Schwester mein Bett neben das Fenster schiebt und wortlos das Zimmer verlässt.

„Wir hatten uns so fest vorgenommen, das Leben mehr zu genießen, fanden aber nie wirklich Zeit dafür. Und jetzt das!", stammelt er leise.

Ich kann darauf nichts Passendes antworten, da ich nach wie vor keinen Schimmer habe, was genau mit mir los ist. Diese Schmerzen sind der reinste Horror. In meinem Kopf herrscht völliges Durcheinander und, wie es scheint, in Noahs nicht minder. Er wirkt verstört, völlig neben sich, verunsichert. Er reicht mir das Wasserglas und schiebt den Rollcontainer zur Seite, damit er an die Knöpfe des mobilen Bettes kommt, die mich in eine aufrechte Position bringen sollen. Mein Oberkörper fährt wie von Geisterhand nach oben. Ein erhebendes Gefühl in der Trostlosigkeit. An der Seite des Bettes erkenne ich einen Urinbeutel. Er ist zu gut einem Drittel befüllt. Auch das noch! Aber immerhin muss ich mir so keine Sorgen machen, wie ich in dem Zustand auf die Toilette komme. Und in einen Nachttopf mache ich auf keinen Fall. Da kann kommen, was will!

„Kannst du dich an irgendetwas erinnern?", fragt Noah schließlich und ich spüre seine Angst um mich in jedem Wort. Ich denke über seine Frage nach, doch da ist nur Leere in meinem Kopf.

„Nein", antworte ich resigniert.

Vielleicht ist das auch besser. So ein Gedächtnisverlust hat ja seinen Sinn. Meine letzte Erinnerung ist die, wie ich auf dem Rücken von Sternschnuppe sitze und mich unglaublich gut fühle. Reiten hat mir schon von jeher ein Gefühl von Freiheit vermittelt. Eins sein mit der Natur, über die Felder und grünen Wiesen galoppieren, den Wind auf der Haut spüren, während die Haare wild umherfliegen. Es gibt keinen Anfang und kein Ende, nur das Hier und Jetzt. Noah schaut mich sehr intensiv an. Damit ist wohl der Augenblick gekommen, in dem ich die schonungslose Wahrheit durch ihn erfahren werde. Ich weiß nicht, ob ich dazu schon bereit bin.

„Du hattest einen schlimmen Reitunfall", fängt er an zu erzählen. „Sternschnuppe ging durch und du bist mit voller Wucht auf den Rücken gefallen. Als du dich danach nicht mehr bewegt hast, haben deine Reitkolleginnen sofort den Rettungswagen gerufen und dann mich", klärt er mich auf. Seine Stimme klingt brüchig und er wirkt müde, wie er mich dabei aus seinen traurigen Augen anschaut.

„Du hast dir mehrere Wirbel gebrochen. Nur ein paar Millimeter daneben und du wärst für immer von der Brust abwärts gelähmt gewesen."

Er kann die Tränen nicht mehr zurückhalten. Sie laufen ihm beidseits über die Wangen. Ein einziger Moment im Leben, ein flüchtiger Augenblick und alles ist anders. Ich komme mir vor wie eine Figur auf einem Schachbrett, die einfach irgendwohin geschoben wurde. Meine Familie gleich mit. Ohne Vorwarnung! Statt auf unseren vertrauten Positionen hat es uns einmal quer über das Brett gewirbelt. Da stehen wir jetzt und können schauen, wie wir damit zurechtkommen. Die Tür geht auf. Ein Arzt erscheint. Er ist groß gewachsen, trägt eine Brille und sein Blick verheißt nichts Gutes.

„Frau Santonie, wir müssen uns unterhalten."

Eine bedrückende Stimmung breitet sich im Zimmer aus. Der Arzt positioniert sich mit seiner Gefolgschaft am Fußende meines Bettes und schaut uns ernst an. Noah wird kreidebleich im Gesicht.

„Sie hatten großes Glück, dass ich gestern noch im Hause war, als Sie eingeliefert wurden. Solche komplizierten Eingriffe an der Wirbelsäule sind nicht jedermanns Sache. Selbst für mich als Spezialist war die Operation eine Herausforderung."

Er hält inne und wirft einen Blick in meine Patientenakte. Ich werde nervös. Das klingt ganz danach, als würde gleich ein Unheil über mich hereinbrechen.

„Sie entkamen nur knapp einer Querschnittslähmung. Mehrere Brustwirbel sind gebrochenen, manche sogar regelrecht zertrümmert. Wir mussten den gesamten Bereich fixieren, um Ihre Wirbelsäule zu stabilisieren."

Neben mir ertönt ein Schluchzer. Noah bricht

regelrecht in sich zusammen. Die Gefolgschaft des Arztes hält kollektiv die Köpfe nach unten gesenkt. Nur der Arzt schaut mir direkt in die Augen, als er weiterspricht.

„Es wird nun Zeit brauchen. Sehr viel Zeit! Erst in einem Jahr können wir absehen, wie sich die gebrochenen Wirbelkörper und die darum liegende Nervenstruktur entwickelt haben, ob Sie weiterhin einen Fixateur benötigen oder künstliche Wirbelkörper erforderlich sind."

Das war zu viel für Noah. Er stürmt aus dem Zimmer. Damit bin ich allein mit dem Drama, das ich noch nicht in allen Einzelheiten begreifen kann.

„Was heißt das?", frage ich geistesgegenwärtig.

„Sie sollten sich darauf einstellen, dass ein neuer Lebensabschnitt für Sie und Ihre Familie beginnt." Neuer Lebensabschnitt? Fixateur? Mir schwirren die Wörter durch den Kopf wie bei einem Wirbelsturm.

„Und was ist mit dem Reiten?", fällt mir spontan ein.

„Wir beginnen bereits morgen mit einer sanften Physiotherapie. Und seien Sie bitte nicht zögerlich, nach Schmerzmitteln zu fragen. Aufgrund der starken Verletzung bekommen Sie aktuell Opioide."

Das beantwortet meine Frage zwar nicht, ist jedoch zumindest eine Erklärung dafür, warum ich mich so komisch benebelt fühle. Im selben Augenblick kehrt Noah zurück. Sichtlich angeschlagen.

„Haben Sie noch Fragen?", wendet er sich an Noah.

Der schüttelt resigniert den Kopf. Ich tue es ihm nach, obwohl mindestens tausend Fragen gleichzeitig in meinem Kopf kreisen. Hier und heute werde ich darauf allerdings keine Antworten erhalten. Ich bin völlig überfordert mit der Situation. Der Arzt verlässt mit seiner stillen Gefolgschaft das Zimmer.

„Was machen wir jetzt?“, frage ich Noah hilflos.

Nackte Panik breitet sich in allen meinen Zellen aus.

„Keine Ahnung, Claire. Du bist doch die Optimistische von uns beiden. Ich würde dir so gerne sagen, dass alles wieder gut wird. Nach dem, was der Arzt gerade erklärt hat, kann ich das einfach nicht.“

Er nimmt einen tiefen Atemzug, geht zum Fenster und schaut hinaus in die graue Weltuntergangsstimmung.

„Wir müssen unbedingt Henry Bescheid geben, dass du die neue Filmrolle nicht annehmen kannst“, meint er plötzlich.

Was interessiert mich jetzt die Filmrolle, wo es mir soeben den Boden unter den Füßen wegzieht? Aber so tickt Noah. Wenn die Welt um ihn herum zusammenbricht, versucht er unter größter Kraftanstrengung, die Fäden mit Struktur und Ordnung zusammenzuhalten. Das gibt ihm Sicherheit.

„Ich werde ihn nachher anrufen“, bestimmt er, ohne meine Reaktion abzuwarten.

Mir wird das alles zu viel. Ich mag aktuell nicht über irgendeine Filmrolle nachdenken und auch nicht darüber, was Henry wissen sollte oder nicht.

„Magst du ihn sehen, wenn er fragt, ob er dich besuchen darf?“

Ich schüttle den Kopf.

„Mir ist nicht nach Besuch und ich mag mich jetzt wirklich nicht weiter über diesen organisatorischen Kram unterhalten.“

Noah verlässt seinen Fensterplatz und kommt direkt an mein Bett.

„Ich weiß, sorry! Am besten, du versuchst nun ein wenig zu schlafen. Ich komme morgen früh wieder und bringe dir deine Sachen.“

Er blickt traurig zu Boden und schaut um Jahre gealtert aus. Nach einem Kuss auf meine Stirn verlässt er das Krankenzimmer. Ich bin unendlich müde. Mein Körper fühlt sich an wie eine leere, kraftlose Hülle.

12. Oktober 2019

Draußen ist es noch dunkel. Der neue Tag hält sich bedeckt. Auf den Krankenhausgängen ist bereits munteres Treiben zu hören und es dauert nicht lange, bis sich auch meine Zimmertür öffnet. Eine kleine, resolute Krankenschwester betritt das Zimmer. Ihre lockigen, blonden Haare hat sie zu einem Zopf gebunden, der bei jedem ihrer Schritte mitschwingt.

„Guten Morgen, Frau Santonie. Wie geht es Ihnen heute? Haben Sie gut geschlafen?", ertönt es fast singend aus ihrem Mund, während sie einen Schwall Energie und gute Laune im Zimmer verbreitet. Sie tritt an mein Bett, wirft einen Blick auf meinen fast vollen Urinbeutel und kontrolliert routiniert Puls und Temperatur, ohne von mir eine Antwort auf ihre Frage zu erwarten. Wie angenehm! Ich darf einfach weiter Schweigen und ihr mit meiner Mimik antworten. Ihre gute Laune erhält bei der Temperaturkontrolle einen Einbruch. Das überträgt sich unmittelbar auf mich. Irritiert misst sie erneut.

„Sie haben Fieber. Ich muss kurz Rücksprache mit dem Arzt halten und bin gleich wieder bei Ihnen."

Mit einem unguten Gefühl im Bauch bleibe ich allein im Zimmer zurück. Das komische Gefühl verwandelt sich in Sekundenschnelle in Widerstand, dann in unbändige Wut, die sich wie eine riesige Welle über mich ergießt.

„Das darf doch nicht wahr sein! Was kommt denn noch? Ich habe auf den ganzen Scheiß hier keinen Bock!", möchte ich laut schreien, was mir aber nicht gelingt. Stattdessen entweicht meinem Mund lediglich ein unbeholfener Laut. Es klingt wie ein zaghaftes Grummeln. Das tiefe Atmen und Luftholen bereitet mir unerträgliche Schmerzen. Wut und Traurigkeit mischen sich zu einem undefinierbaren Gefühlscocktail. Die Tränen fließen nur so aus mir heraus. Unter größter Anstrengung kann ich den Rollcontainer neben meinem Bett näher an mich heranziehen. Ich greife nach der Packung Taschentücher, die sich darauf befindet. Noch nie in meinem Leben war ich einer Situation dermaßen hilflos ausgeliefert. Der Versuch, die Nase zu putzen, wird zur Herausforderung, da mir bei jedem Schnäuzer der Schmerz wie ein Messerstich durch den Körper jagt.

„Wo bist du denn jetzt, lieber Gott, hä? Heißt es nicht, in der Stunde eures größten Schmerzes werde ich bei euch sein? Warum hast du mich nicht beschützt? Wahrscheinlich gibt es dich gar nicht!", plappere ich vor mich hin. Schreien wäre besser, wenn ich es denn bloß könnte. Und eine

Antwort kommt vom lieben Gott auch nicht. Das macht mich noch rasender. Ich lasse meinen Blick durchs Zimmer schweifen. Es schaut trostlos, kalt und steril aus. Die Tür öffnet sich. Ein Arzt betritt gemeinsam mit der Krankenschwester von vorhin mein Zimmer. Sie schaut mich mitfühlend an, reicht mir ein frisches Taschentuch und nimmt mir das völlig übernässte aus meiner Hand. Es landet umgehend im Mülleimer. Ihr Blick wirkt aufmunternd. Allein diese kleine, liebevolle Geste tut mir unfassbar gut.

„Mein Name ist Dr. Felber", stellt sich der Arzt kurz und knapp vor. Für Gefühlsduseleien hat er wohl nichts übrig, sondern konzentriert sich ausschließlich auf seine Arbeit. Er misst erneut meinen Puls, anschließend meine Temperatur. Das Thermometer zeigt 39,3 Grad. Jetzt verstehe ich auch, warum ich mich so schlapp fühle.

„Haben Sie Husten oder Atemnot?", möchte er von mir wissen. Ich verneine.

„Auf einer Skala von 0 bis 10, wie stark sind Ihre Schmerzen derzeit?", bohrt er weiter.

„12", beantworte ich die Frage wahrheitsgemäß. Die Schmerzen bohren sich auf eine intensive, tiefgehende, spitze Weise tief in meinen Körper hinein. Selbst das regungslose Herumliegen tut unfassbar weh. Ohne ein weiteres Wort zu sagen, beginnt Dr. Felber mit den Untersuchungen.

„Ich nehme Ihnen jetzt noch mal Blut ab, um nach den Entzündungswerten zu schauen", erklärt er.

„Muss das sein?", pampe ich ihn an. Ich möchte einfach nur in Ruhe gelassen werden. Er schaut mich auf eine Weise an, die mir erneut vor Augen führt, dass ich keine Chance habe, alledem zu entrinnen. Ich lasse daher alles teilnahmslos über mich ergehen. Eine andere Wahl habe ich sowieso nicht. Der Arzt wuselt um mich herum. Die Schwester mit ihm. Es dauert und dauert. Ich gleite dabei weg, als wäre ich gar nicht mehr hier. Mein Körper wird angefasst und untersucht. Ich fühle mich jedoch nicht davon betroffen. Ein Blick auf das Namensschild der Krankenschwester offenbart, dass sie Theresa heißt. Wie passend!

„Frau Santonie", unterbricht der Arzt meine Gedanken. „Ihre Wundheilung verläuft normal und auch sonst zeigen sich auf den ersten Blick keine Auffälligkeiten, die das Fieber erklären würden. Nach einem größeren chirurgischen Eingriff ist Fieber innerhalb der ersten 48 Stunden eine durchaus gängige Reaktion. Wir warten noch die Blutergebnisse ab, um auszuschließen, dass keine Infektion vorliegt. Wichtig ist, dass Sie ausreichend Flüssigkeit zu sich nehmen. Ich schaue später nochmal nach Ihnen."

Damit entschwindet er schnellen Schrittes aus dem Zimmer und macht sich eilig auf zum nächsten Patienten. Theresa indes zieht mir in aller Ruhe die Thrombosestrümpfe wieder an. Was für ein Kraftakt.

„Mein Inneres glüht aufgrund der vorangegangenen Ereignisse, daher habe ich Fieber", murmle ich leise vor mich hin. „Was sagten Sie?", fragt Theresa.

Ich schüttle nur den Kopf. Mir ist nicht nach Sprechen. Theresa akzeptiert mein stummes Verhalten, geht aus dem Zimmer und kommt mit dem Frühstückstablett sowie zwei Gläsern Wasser zurück. Fürsorglich positioniert sie den Rollcontainer in einer möglichst guten Position für mich.

„Trinken Sie bitte etwas. Das ist sehr wichtig. Und vielleicht schaffen Sie es ja, eine Kleinigkeit zu essen", sagt sie mit eindringlicher Stimme.

Ganz bestimmt werde ich keinen Bissen essen, solange ich derart leblos an dieses Bett gefesselt bin. Die denken hier doch nicht im Ernst, dass ich mein großes Geschäft in eine Bettpfanne mache? Nie im Leben! Dann hungere ich lieber. Auf keinen Fall aber lasse ich mich so entwürdigen und erledige mein Geschäft in dieses Blechteil hinein. Mein Kampfgeist erwacht. Ich werde es allen zeigen: meinem Körper, den Ärzten und Schwestern und all jenen, die nicht an Wunder glauben. Gestärkt vom wiedererlangten Kampfgeist trinke ich artig, wie von Theresa empfohlen, so viel Wasser wie möglich und schließe für einen Moment meine bleischweren Augen. Nur ein gefühlter Augenblick ist vergangen, als ich bemerke, dass sich erneut zaghaft meine Zimmertür öffnet und ein blonder Lockenkopf mit karierter Baskenmütze am Türrahmen erscheint. Es ist Henry. Er erschrickt sichtlich, mich so zu sehen. Scheinbar hat er etwas anderes erwartet. Noch an der Türschwelle stehend, versucht er seine Fassung zurückzuerlangen und säuselt mir ein „Hallo Liebes. Noah hat mich gestern Abend noch angerufen und mir von deinem schrecklichen Reitunfall erzählt" entgegen. Das hat mir gerade noch gefehlt. Henry ist genau das, was ich gerade am wenigsten brauchen kann.

„Ich konnte gar nicht glauben, dass es dir wirklich so schlecht gehen soll. Aber jetzt, wo ich dich hier sehe … nun ja … du schaust gar nicht gut aus", führt er seinen Begrüßungsdonnerhall fort. Ohne Rücksicht oder Feingefühl. Er tritt einige Schritte näher an mein Bett heran, nimmt seine Baskenmütze ab und lässt seinen Blick über mich schweifen. Es fühlt sich unangenehm und durchdringend an. Mühsam bringe ich mich mit der Fernbedienung des Bettes in eine aufrechtere Position. Dann hole ich tief Luft – so gut es eben geht.

„Was willst du hier? Kannst du nicht einmal machen, worum man dich bittet?"

Ich könnte platzen vor Wut. Henry lässt sich davon nicht irritieren. Er lehnt sich an die kahle Wand neben meinem Bett und lächelt.

„Liebes, was ist das denn für eine Begrüßung?

Wenn meiner Lieblingsschauspielerin ein so schlimmer Unfall widerfährt, möchte ich mich doch eigenhändig sofort davon überzeugen, wie es ihr geht."

„Spar dir deine Schmeicheleien", fauche ich zurück. „Ich möchte außer meiner Familie niemanden sehen! Die Schmerzen sind kaum auszuhalten und ich muss den Unfall ja auch erst mal emotional verkraften. Dir ist wie immer völlig egal, was andere brauchen. Hauptsache, du bekommst, was du willst!"

Meine heftige Reaktion lässt sein Lächeln erfrieren. Gut so. Vielleicht hat er es jetzt verstanden. „Aber ich gehöre doch fast schon zur Familie, Liebes", kontert er und tritt nun ganz nah an mich heran.

Seine Baskenmütze hält er nach wie vor in den Händen und knetet sie unentwegt.

„Kannst du endlich mal damit aufhören, mich ständig Liebes zu nennen? Ich bin nicht dein Liebes, war es nie und werde es auch nie sein! Du bist mein Manager – ich deine Klientin, fertig!"

Ich staune selbst, wie schonungslos klar die Worte aus meinem Mund kommen. So kenne ich mich gar nicht. Mein Körper glüht, als würde in mir ein lichterloses Feuer brennen, das sich durch meine blitzenden Augen bereit macht für den Angriff.

„Da ist heute aber jemand ziemlich schlecht aufgelegt. Liebes, da kann ja wohl keiner was dafür, wenn du in deinem Alter wieder mit dem Reiten anfängst", wirft er mir an den Kopf.

Ich kann kaum glauben, was er da sagt.

„Das ist unverantwortlich und kindisch. Ich hatte dich gewarnt und du weißt doch selbst, wie gefährlich dieser Sport ist. Beim Motorradfahren und Reiten passieren die schlimmsten Unfälle. Jetzt siehst du, was du davon hast," setzt er seiner unverschämten Anschuldigung die verbale Krone auf und kann seine Erregung nicht mehr verbergen.

Nach diesem Vorwurf bleibt für mich die Welt einen kurzen Augenblick stehen.

„Mit dieser verantwortungslosen Entscheidung hast du mir eine Menge zusätzlicher Arbeit aufgebürdet. Nun kann ich sehen, wie ich einen Ersatz für dich finde, und zwar möglichst schnell. Wer weiß, wie lange es dauern wird, bis du wieder als Schauspielerin arbeiten kannst. Das ist eine Tragödie, Claire!", wirft er mir vor und fixiert mich mit seinem Blick.

Eigentlich müsste ich bei dieser Unverschämtheit explodieren. Da das aber sowieso nicht geht, beherrsche ich mich komplett.

„Geh jetzt. Sofort!" Meine kraftvolle Stimme wirkt wie ein Schutzwall, der mich umgibt.

„Aber Claire, du musst mich doch auch verstehen", versucht er mich zu besänftigen.

„Wenn du nicht augenblicklich gehst, rufe ich die Schwester", antworte ich. Gar nichts muss ich!

Henry schaut mich überrascht an.

„So kenne ich dich gar nicht.“

„Ein letztes Mal: Raus hier!“

Kopfschüttelnd geht er zur Tür und setzt sich seine Mütze wieder auf. Nahezu gleichzeitig platzt Noah ins Zimmer.

„Was ist denn hier los? Deine Stimme war bis auf den Flur zu hören. Und was machst du überhaupt hier? Sagte ich dir nicht, dass Claire Ruhe braucht?“

Seine Stimme überschlägt sich fast, als er das sagt. Henry setzt ohne ein weiteres Wort den Rückzug an. Die Zwei wechseln einen kurzen, vielsagenden Blick. Eisige Stille begleitet diesen kurzen Augenblick der Begegnung. Noahs Augen funkeln böse. Dann endlich sucht Henry das Weite. „Hoffentlich für immer“, denke ich mir noch. Wie konnte ich mich in den letzten Jahren nur so in ihm täuschen? In diesem Moment entscheide ich, dass ab sofort nur noch meine Bedürfnisse zählen. Nie wieder lasse ich mich so behandeln wie eben!

„Ich werde die Zusammenarbeit mit Henry mit sofortiger Wirkung beenden", sprudeln die Worte bereits aus meinem Mund, bevor ich den Gedankengang final zu Ende gedacht habe.

„Okay! Vorerst konzentriere dich erst mal voll und ganz darauf, wieder gesund zu werden!", kommentiert Noah meine Entscheidung.

Er spürt meine Erschöpfung und dass es keiner weiteren Worte mehr dazu bedarf.

„Schau mal, ich habe dir von zu Hause ein paar Dinge mitgebracht, damit wir es dir hier ein wenig netter machen können", lenkt er sogleich zu einem neuen Thema über.

Er hält die mitgebrachte Tasche hoch und stellt sie auf den Stuhl neben dem kleinen Tisch am Fenster ab. Sie ist prall gefüllt. Als Erstes holt Noah meinen kuscheligen Lieblingsschal hervor und legt ihn sachte um meine Schultern. Allein der Duft von zu Hause erfüllt mein Herz mit Wärme. Meine wertvollen Raumsprays und

Aromaöle wandern in direkter Reichweite auf den Rollcontainer. Die nackte Wand vor mir wird mit selbstgemalten Bildern der Kinder und Fotos von uns dekoriert. Die leere Fensterbank bekommt Farbe mit einem wunderschönen rosafarbenen Herbstblumenstrauß aus Inkalilien und Rosen, die trotz ihrer Zartheit in ihrer Blütenpracht um die Wette strahlen. Den Blumenstrauß mitsamt Vase in seiner Hand hatte ich zuvor überhaupt nicht bemerkt, zu sehr war ich emotional im Streitgespräch mit Henry verfangen.

„Kann ich bitte mal daran riechen?", frage ich ihn und kann kaum erwarten, den betörenden Duft in mich einzusaugen.

Er lächelt und drückt mir sachte die Vase mit den Blumen in die Hand. Danach leert er die Tasche vollends aus, füllt mit dem Inhalt Schrank und Rollcontainer. Nach getanem Werk schaut er sich im Zimmer um.

„Sieht doch richtig schön aus, oder?“

Ich reiche ihm die Vase zurück, die er mit Wasser befüllt und danach erneut auf die Fensterbank stellt.

„So kann es jetzt erstmal bleiben oder soll ich nachher noch etwas mitbringen?“

„Ich möchte hier bitte nicht längerfristig einziehen“, reagiere ich darauf.

Noah schenkt mir ein Glas Wasser ein und reicht es mir. Kaum ausgetrunken, gießt er direkt schon neues nach.

„Soll ich dir dein Handy hierlassen, damit du deine Nachrichten abhören kannst?“

Ich spüre seine Verunsicherung bei der Frage.

„Es haben sich zwischenzeitlich einige Nachrichten angesammelt. Die wichtigsten Personen habe ich schon informiert und sie gebeten, dich erstmal nicht zu kontaktieren, sondern dir ein wenig Zeit zu geben. Es fällt ihnen schwer, aber sie akzeptieren das natürlich.“

Erleichterung macht sich in mir breit. Ich mag keine Fragen gestellt bekommen, deren Antworten ich selbst noch nicht kenne. Ich mag auch niemanden beruhigen und so tun, als wäre alles gut, obwohl meine Welt gerade Kopf steht und rein gar nichts gut ist. Ich will in meinem neuen kleinen Kosmos schlichtweg meine Ruhe haben und allein sein. Allein in meinem schicksalhaften Chaosleben, während sich die Welt da draußen rasend schnell weiterdreht. Dieses Tempo will ich garantiert nicht mehr mitmachen, selbst wenn ich könnte.

„Mein Handy hätte ich bitte gerne. Dann kann ich Musik und meine Meditationen anhören. Ansonsten will ich mit niemand sprechen außer mit dir und den Kindern.“

Meine Worte haben eine drohende Wirkung und verfehlen ihre Wirkung nicht.

„Was ist mit deinen Eltern? Sie wollen sich sofort auf den Weg machen“, erklärt er.

„Niemand heißt niemand. Ich habe mich doch klar und deutlich ausgedrückt, oder?"

Noah fährt sich hektisch durch seine Haare.

„Ich muss halt auch schauen, wie ich das zu Hause nun regle. Marie wird vorerst jeden Tag kommen statt nur zweimal pro Woche und sich um den Haushalt kümmern. Ich muss nächste Woche wieder arbeiten und habe gleich zwei Fernflüge an der Backe. Deine Eltern werden sicher gerne im Vorfeld mit dir reden wollen, um sich persönlich nach deinem Befinden zu erkundigen und alles Weitere mit dir abzustimmen. Sie wären uns gerade eine große Hilfe." Aus seinem Blick ist die pure Not zu erkennen. Meine Not ist definitiv größer.

„Dann sprichst eben du mit meinen Eltern und kümmerst dich jetzt einfach mal um die Dinge zu Hause. Schließlich habe ich das in den letzten 14 Jahren komplett allein gemanagt – neben meiner Arbeit!"

Mir schwinden die Kräfte bei dieser Unterhaltung. Noah atmet hörbar laut tief ein.

„Ja, also … was soll ich darauf antworten?“

„Nichts“, antworte ich. „Lässt du mich bitte allein? Ich kann nicht mehr.“

Ohne ein weiteres Wort zu sagen, streicht er mir über den Kopf und verabschiedet sich – sichtlich erleichtert, für einen kurzen Moment dem Krankenzimmer entkommen zu können. Endlich kehrt Ruhe ein und ich genieße den Moment der Stille. Mühsam greife ich nach meinem Handy. Ich kann dem Impuls kaum widerstehen, doch einen kurzen Blick auf die Nachrichten zu werfen und diese pflichtbewusst zu beantworten. Meine Schmerzen halten mich davon ab. Also lasse ich mich dahintragen in meine innere Welt und lausche dabei den sanften Klängen der meditativen Musik.

„Guten Tag, Frau Santonie, ich bin Frau Unruh, ihre Physiotherapeutin für die nächsten Tage und ich wollte Sie mir bereits heute einmal anschauen, bevor wir am Montag richtig durchstarten.“

Eine durchdringende, laute Stimme holt mich unsanft in die Realität zurück. Eine Dame mittleren Alters mit strengen Gesichtszügen, die durch eine rundliche Brille und einen kurzen, grauen Haarschnitt verstärkt werden, steht vor meinem Bett.

„Bewegen Sie doch bitte mal Ihre Füße, zuerst die Zehen nach vorne und dann wieder zurück“, befiehlt sie und klappt ohne Vorwarnung meine Bettdecke beiseite. Mein schlaffer Körper sowie der hässliche OP-Kittel kommen zum Vorschein. Kälte macht sich in mir breit, dennoch bewege ich artig meine Zehen und bin selbst sichtlich stolz über meine Leistung.

„Das klappt ja schon wunderbar. Und jetzt bitte erst das rechte und dann das linke Bein leicht anheben.“

Sie schaut mich erwartungsvoll an.

„Das kann ich nicht", entgegne ich frustriert.

„Sie müssen sich schon etwas anstrengen, Frau Santonie. Wir sind ja nicht zum Spaß hier!"

Meine Gesichtszüge versteifen sich bei den Worten und ich kneife vor Wut die Augen zusammen.

„Danke für den Hinweis. Ich dachte schon, ich hätte hier einen Wellness-Urlaub gebucht. Im Übrigen strenge ich mich an, auch wenn es Ihnen nicht auffällt. Trotzdem kann ich es nicht!"

Meine Stimme wird spürbar nachdrücklicher.

„Gut, dann versuchen Sie mal, die Arme zu bewegen. Formen Sie Ihre Hände zu einer Faust."

Die Dame spricht zu mir wie zu einem unartigen Kind. Widerwillig forme ich meine Hände zu einer Faust.

„Und jetzt bitte die Arme anheben. Höher geht es nicht, Frau Santonie? Das glaube ich Ihnen nicht."

„Was denken Sie denn? Ich mache das natürlich extralasch, weil ich keine Lust habe", entgegne ich wütend.

Frau Unruh verdreht genervt die Augen, antwortet jedoch nichts darauf.

„Etwas mehr Einfühlungsvermögen würde Ihnen gut stehen", blaffe ich sie weiter an. Diese Frau geht mir auf die Nerven. Verwundert schaut sie mich an. Vermutlich ist sie es nicht gewohnt, dass Patienten ihr Contra geben.

„Na gut, dann belassen wir es für heute dabei."

Sie deckt mich wieder zu und sogleich fühle ich mich durch meine Bettdecke viel beschützter.

„Bis Montag", murmelt sie leise und rauscht wie ein Elefant im Porzellanladen wieder ab.

Das Gefühl, allem und jedem ausgeliefert zu sein, ist tausendmal schlimmer als die Schmerzen. In einem Akt der Verzweiflung male ich mir in den schlimmsten Szenarien aus, wie das werden soll in den nächsten Tagen, Wochen, Monaten. Wann kann ich mir wieder selbstständig die Zähne putzen, Haare waschen, auf Klo gehen? Duschen, Laufen, mich bewegen und entscheiden, was ich will?

14. Oktober 2019

„Guten Morgen, Frau Santonie. Haben Sie gut geschlafen?" Mit einem Lächeln im Gesicht betritt Theresa das Zimmer und platziert das Frühstückstablett auf dem Tisch in der Ecke. „Dann wollen wir mal Ihre Temperatur messen."

Und schon hält sie das Thermometer an mich ran.

„Wunderbar! 37,3 Grad. Es geht aufwärts!"

Sie strahlt dabei wie ein Honigkuchenpferd. So viel herzerfrischend gute Laune ist ansteckend.

„Wurden Sie schon darüber informiert, dass Ihnen heute Ihr Katheter entfernt wird?", plappert sie munter weiter.

„Nein und guten Morgen Theresa", entgegne ich.

Die just aufgekommenen positiven Emotionen bekommen einen deutlichen Knacks. Katheter entfernen bedeutet, ich muss wieder aufs Klo gehen. Allein? Wie soll ich das hinkriegen?

„Ich werde auf keinen Fall diese Bettpfannen benutzen!“, entfährt es mir unkontrolliert.

„Das müssen Sie nicht, wenn Sie nicht wollen. Die Physiotherapeutin kommt nachher und zeigt Ihnen, wie Sie mithilfe eines Gehwagens Ihre ersten kleinen Schritte machen können.“

Eine tonnenschwere Last purzelt nach diesem Satz von mir ab. Ich könnte lachen und weinen zugleich. Damit hat sich die Sache mit den Bettpfannen schneller geklärt als gedacht. Hoffe ich jedenfalls! Doch ich frage mich, was sie genau mit „Gehwagen“ und „erste Schritte“ meinte. Ich fühle mich Lichtjahre davon entfernt, überhaupt aufrecht zu stehen.

„Nach dem Frühstück mache ich Sie für die Gehübung startklar. Jetzt stärken Sie sich erstmal“, beruhigt mich Theresa und holt das Frühstückstablett vom Tisch an mein Bett.

Ich werfe einen lustlosen Blick auf die Brötchen. Hunger habe ich nach wie vor nicht und wirklich appetitlich sieht das Frühstück auch nicht aus. Ich entscheide mich für eine Tasse Tee ohne alles. Er verschafft mir eine wohlige Wärme im Bauch. Diese mischt sich mit der immer größer werdenden Nervosität. Ich kann nur noch an den ominösen Gehwagen denken. Unweigerlich tauchen Bilder in mir auf von meiner Oma, wie sie sich in gebückter Haltung an ihren Rollator klammert, um die Strecke vom Wohnzimmer in die Küche und wieder zurück meistern zu können. Immerhin gute acht Meter über einen langen Flur hinweg. Mir widerstrebt es kolossal, mich mit Anfang 40 auch so fortzubewegen. Ich komme mir dabei uralt vor.

„Uralt nicht, aber schwer verletzt", besänftigt mich meine weise innere Stimme.

„Der Gehwagen würde dir zu mehr Selbstständigkeit verhelfen. Oder willst du als Pflegefall enden?"

Wo die Stimme recht hat, hat sie recht. Schon schön, wenn einem bereits am frühen Montagmorgen die Erkenntnis des Jahres ereilt.

„Sind Sie fertig?"

Theresa taucht erneut auf. Sie lächelt, obwohl sie sofort gesehen haben müsste, dass ich wieder mal nichts gegessen habe.

„Dann will ich Sie mal davon befreien", erklärt sie und bereitet alles vor, um den Katheter zu entfernen. Da kriege ich jetzt doch ein bisschen Schiss. Ob's wohl weh tut? Wobei das im Vergleich zu meinen Schmerzen im Rücken kaum erwähnenswert sein kann. Aber was ist, wenn mein Körper mit der neuen Normalität nicht klarkommt?

„Erledigt!", kommentiert Theresa das Ergebnis.

Da habe ich tatsächlich rein gar nichts von gespürt. Mein Herz klopft dennoch vor Aufregung, dass ich nun wieder allein Pipi machen soll. Ich fühle ganz genau hin, ob ich schon einen Druck in der Blase verspüre, was zwar noch nicht sein kann, jedoch könnte ich schwören, es drückt. Glücklicherweise hat Theresa viel vor mit mir an diesem Morgen. So bleibt mir keine Zeit, weiter darüber nachzudenken.

„Es wird höchste Zeit, den ollen OP-Kittel abzulegen. Darf ich in Ihrem Schrank nach geeigneter Kleidung Ausschau halten?"

Nichts lieber als das!

„Unbedingt. Ich kann's kaum erwarten."

Mein Lebensmut kehrt innerhalb von Sekunden zurück. Dass ich mir eben noch Sorgen um meine Blase sowie den Gang zur Toilette machte, kann ich schon gar nicht mehr verstehen. Das wird schon. Mein Körper und ich schaffen das – irgendwie. In meiner gemütlichen Jogginghose, der weichen Bluse, meiner flauschigen Strickjacke und dem kuscheligen Schal fühle ich mich gleich viel wohler. Das Beste aber ist, dass keine Schläuche irgendwo stören. Was für ein Freiheitsgefühl.

Okay, ich liege von diesem Wandlungsakt zwar völlig geplättet in meinem Bett und kann kaum mehr die Hand heben vor Erschöpfung. Aber immerhin keine Schläuche mehr und die eigenen Klamotten am Leib.

„Gut schauen Sie aus. Trinken Sie bitte weiterhin so viel wie möglich, damit sich das alles wieder einspielen und normalisieren kann. Und ruhen Sie sich unbedingt noch etwas aus, bevor die Physiotherapeutin gleich zu Ihnen kommt."

Ich hatte nicht unbedingt vor, Bäume auszureißen. Daher schließe ich die Augen und döse vor mich hin.

„Guten Morgen!"

Diese Stimme würde ich unter Tausenden wiedererkennen. Auf einen Schlag bin ich hellwach. Frau Unruh schiebt ein Ungetüm von Gestell vor sich her, während sie voller Energie in mein Zimmer schreitet.

„Was ist das?", frage ich perplex.

„Ihr Gehwagen", antwortet sie und schiebt das Gerät neben mein Bett. Mit einem Rollator hat das Teil wenig Ähnlichkeit. Mein Gehwagen ist ein wahrer Riese.

„Einmal umsteigen, bitte!"

Ihre Stimme lässt keinen Zweifel aufkommen: Kneifen ist nicht! Da muss ich jetzt durch. Mein Kopf spielt verrückt. Er malt sich die schlimmsten Bilder aus, wie ich mit diesem riesigen Gehwagen kämpfe.

„Hat der einen Motor?", frage ich unbedarft.

Ich meine ja nur. Jedenfalls kann ich mir kaum vorstellen, dass ich das große Gerät einzig anhand meiner nicht mehr vorhandenen Muskelkräfte bewegen soll.

„Sie Scherzkeks", entgegnet sie lächelnd. Frau Unruh kann lächeln? Ein Wunder ist geschehen.

„Bitte einmal aufrecht aufs Bett setzen", befiehlt sie energisch.

Ich wage nicht zu widersprechen und tue, was

sie möchte. Es gelingt mir nur unter allergrößter Kraftanstrengung und mit ihrer tatkräftigen Hilfe. Was früher das Selbstverständlichste der Welt war, ist heute ein Kraftakt. Ich versuche minutenlang, meinen Körper in die richtige Position zu bugsieren. Höllische Schmerzen jagen durch mich hindurch. Ich beiße die Zähne zusammen, meine Gesichtszüge entgleiten mir trotzdem. Nach einer gefühlten Ewigkeit sitze ich gequält an der Bettkante.

„Sehr schön, Frau Santonie. Aber nicht schlappmachen jetzt! Es geht gleich weiter."

Wie bitte? Keine Pause? Ich kann nicht mehr! Das denke ich allerdings nur und wage es nicht auszusprechen. Wie streng Frau Unruh sein kann, habe ich ja schon erlebt.

„Das wird schon!", versucht sie mich zu motivieren.

Irgendwie gelingt es ihr und mir, mich halbwegs stehend in den Gehwagen zu hieven. Meine

Unterarme ruhen dabei auf den Armstützen. Dergestalt halb darin hängend, fühle ich mich wie eine alte Hexe. Gebückte Haltung, verzerrtes Gesicht. So sehen Hexen in meiner Vorstellung aus. Mit gezielten Handgriffen justiert die resolute Frau Unruh einige Einstellungen am Gehwagen nach, damit dieser millimetergenau auf meine Größe eingestellt ist.

„Setzen Sie einen Fuß vor den anderen", weist sie mich an.

Ich habe Angst! Trotzdem versuche ich zwei, drei kleine Schrittchen. Ich muss mich dabei dermaßen konzentrieren, dass ich alles andere ausblende. Was für ein Kraftakt für ein paar lächerliche Zentimeter. Jede Schnecke wäre mir in einem Wettrennen haushoch überlegen. Auf dem Weg durchs Zimmer komme ich dem Bad sehr nahe. Da könnte ich die Gunst der Stunde doch gleich nutzen und das Pipimachen ausprobieren.

„Ich würde gerne auf die Toilette gehen, wo ich schon mal hier bin. Allein!", teile ich Frau Unruh sogleich mit.

Überrascht schaut sie mich an, unterstützt mich dann jedoch wortlos, um mir meinen Wunsch zu erfüllen. Vorsichtshalber lässt sie die Badtür weit geöffnet. Ich stehe inzwischen vor der Toilette.

„Würden Sie bitte die Tür schließen?", fordere ich sie auf.

„Sind Sie sicher? Sie melden sich aber sofort, wenn was ist."

Was auch sonst! Aber bei geöffneter Tür die Hosen runterlassen, mich aufs Klo setzen und wissen, dass Frau Unruh von draußen zuschaut, verursacht dasselbe Unwohlsein in mir wie die Gedanken an die Bettpfanne. Da sitze ich nun also. Ganz allein auf dem Klo. Zum ersten Mal seit Tagen! Es plätschert leise. Mein Körper hat seine Funktion wieder aufgenommen. Nur: Wie komme ich wieder zurück? Ich habe keine Kraft mehr, will es aber unbedingt schaffen. Wieder beiße ich die Zähne zusammen. Als ich mich auf den anstrengenden Rückweg mache, erhasche ich einen Blick im Spiegel. Der Schock meines Lebens! Wer ist das? Das kann ich nicht sein! Eine um Jahre gealterte Frau mit eingefallenem, schmerzverzerrtem Gesicht blickt mir entgegen. Vielleicht wäre es doch besser gewesen, wenn ich meine letzte Reise angetreten hätte, statt als Krüppel zu enden – völlig unfähig für mich selbst zu sorgen.

„Frau Unruh, könnten Sie mir bitte helfen?"

Das war zu viel des Guten. Als ich endlich wieder im Bett liege, bin ich frustrierter denn je. Frau Unruh dagegen schaut zufrieden aus. Sie platziert den Gehwagen neben meinem Bett.

„Der bleibt jetzt bei Ihnen. Sollten Sie Hilfe brauchen, klingeln Sie. Ich komme morgen wieder. Für heute war das schon mal ganz gut."

Und weg ist sie. Ich bin komplett durcheinander und komme mit meinen Emotionen nicht klar.

„Hello Sunshine! Ich weiß, du möchtest keinen Besuch, aber ich bin ja auch kein richtiger Besuch, sondern sorge für dein körperliches und seelisches Wohlbefinden!“

Freudestrahlend und vollbepackt betritt Jodi mein Zimmer. Sie steuert schnurstracks den kleinen Tisch an. Darauf stellt sie zwei – offensichtlich schwere – Taschen ab. Dann begrüßt sie mich überschwänglich, indem sie mir ein Bussi auf die Wange haucht. Ihre Unbeschwertheit und Fröhlichkeit schwappen unweigerlich auf mich über. Die Achterbahn der Gefühle begibt sich damit wieder deutlich in die Höhe.

„Hallo Jodi! Ich weiß, ich sah schon mal besser aus. Aber ich dachte, zur Abwechslung probiere ich eine andere Rolle aus.“

Jodi lacht ihr typisches lautes Lachen.

„Die Rolle steht dir überhaupt nicht. Deshalb bin ich da."

Sie überreicht mir einen Smoothie.

„Damit du schnell wieder zu Kräften kommst! Und jetzt ist Beauty angesagt!"

Ich will gerade einen ersten Schluck nehmen, als mir der Becher fast aus den Händen fällt vor Schreck. Momentan habe ich andere Prioritäten.

„Wie bitte?"

Entgeistert starre ich meine beste Freundin an.

„Du hast schon mitbekommen, dass wir hier im Krankenhaus und nicht am Set sind?"

„Papperlapapp! Wenn man scheiße aussieht, fühlt man sich gleich noch schlechter. Also packen wir es an. Es gibt viel zu tun."

„Na, herzlichen Dank fürs Kompliment", entgegne ich und kann ein Schmunzeln kaum unterdrücken. Galgenhumor tut gut. Und dann geht das Schönheitsprogramm auch schon los.

Jodi schaltet ihre JBL-Box ein. Leise Musik ertönt. Keine dreißig Sekunden später hat sie ein Handtuch um meinen Hals gelegt. Ein beachtlicher Berg Trockenshampoo wandert auf meinen Kopf. Im Anschluss verschönert sie mein Gesicht, meine Füße und Hände. Ich komme mir vor wie eine Königin. Anschließend betrachtet sie ihr Werk mit Argusaugen.

„So schaust du gleich viel ansehnlicher aus. Und weil das Zähneputzen derzeit ja auch kürzer ausfällt, habe ich dir noch Zahnöl und Zahnbalm mitgebracht. Einfach ein paar Spritzer in den Mund, ausspucken, fertig."

„Du bist ein Schatz! Ich danke dir, Jodi. Für alles!"

„Ehrensache! Dafür sind Freunde doch da!"

Sanft drückt sie meine Hand. Viel lieber würde ich sie herzlich umarmen.

„Und was ist sonst? Bedrückt dich was?", hake ich nach.

Trotz dieses schönen Moments spüre ich, dass irgendwas im Busch sein muss. Jodi ist zwar eine begnadete Visagistin, allerdings eine miserable Schauspielerin. Sie druckst herum.

„Sag schon! Ich will hier nicht in Watte gepackt werden. Was ist passiert?"

Sie dreht sich zum Fenster. Ich kann mir denken, warum. Weint sie etwa? Ihre Schultern zucken leicht, als hätte sie einen Weinkrampf, den sie vor mir verbergen will.

„Ist das wirklich wahr?", stammelt sie und dreht sich endlich wieder zu mir um. Von der eben noch zu Scherzen aufgelegten Jodi ist nicht mehr viel übrig. Sie weint hemmungslos. Ich kann nicht einordnen, was sie mit der Frage meint.

„Von was sprichst du?"

„Davon, dass du mit der Schauspielerei aufhören musst und vielleicht für immer so ein implantiertes komisches Dingsda in deinem Rücken haben wirst."

Das Gesagte rauscht an mir vorbei, ohne dass ich die Worte begreifen kann.

„Wie kommst du auf den Stuss?“

„Von wem wohl! Noah hat’s mir erzählt. Und der hat’s von deinem Arzt! Es gab wohl ein Gespräch zwischen den beiden. Jetzt dreht Noah fast am Rad. Ich musste ihm versprechen, dir nichts davon zu sagen.“

Die positiven Vibes sind dahin. Ich starre auf meine frisch lackierten Fingernägel und weiß nicht, wem ich zuerst den Hals umdrehen soll: Noah oder dem Arzt! Ich bin doch kein unmündiges Kind, hinter dessen Rücken man tuscheln muss, weil es die Wahrheit nicht vertragen kann. Und sowieso haben die beiden Unrecht! Ich weiß, dass alles wieder gut wird. Jetzt in diesem Moment spüre ich es direkt in meinem Herzen. Es flüstert mir zu, dass Wunder jederzeit möglich sind.

TEIL 2

„Das Leben

zwingt uns oft

__auf den Boden,__

aber du kannst
entscheiden,
ob du
liegen bleibst
oder wieder aufstehst.«

(JACKIE CHAN)

28. Oktober 2019

Wir nähern uns dem Ziel. Noah betätigt den Blinker. Das leise Klicken begleitet uns um die letzte Ecke, bevor wir direkt auf unser kleines Einfamilienhaus zufahren. Dann sehe ich auch schon die großen Bäume, die das Grundstück einsäumen. Ich atme erleichtert auf.

„Ich bin so glücklich, dass du wieder da bist", sagt er und parkt den Wagen vor der Garage.

„Und ich erst!", entgegne ich. Mein Körper schmerzt vom langen Sitzen.

„Moment!", ruft Noah und hilft mir vorsichtig aus dem Wagen.

Ich schäle mich aus dem Sitz, ergreife die Krücken, die er mir reicht. Was bin ich froh, dass ich den ollen Gehwagen los bin und zumindest schon auf Krücken umsteigen konnte. Wieder ein klein wenig mehr Freiheit für mich.

„Lass dir Zeit", ermutigt er mich.

Ich komme lediglich in winzigen Schritten voran. Der Weg zur Haustür erscheint mir endlos. Noch sieben Meter. Noch sechs. Fünf, vier, drei, zwei. Ich kann nicht mehr! Noah merkt mir die Strapazen an.

„Wie soll ich da jemals wieder meinen Alltag allein schaffen?", rutscht es mir in einem Anflug aus Zorn, vermischt mit Verzweiflung, unkontrolliert heraus.

„Das wird schon!", meint Noah. Er wirkt wenig überzeugend.

„Ich muss mich mal kurz setzen", erkläre ich.

Mitten auf dem Betonpodest lasse ich mich seufzend nieder. Liegen wäre besser, aber von meinem Bett trennen mich noch viele Meter. Ich fühle Kälte an meinem Hintern. Hoffentlich gibt das nicht noch eine Blasenentzündung. Aber ich brauche einen Moment, bis ich die letzten Schritte ins Haus und dort ins Bett schaffe. Mein Blick schweift durch den Garten. Astern und Herbstkrokusse säumen den Weg. Sie tauchen das Areal in ein buntes Blumenmeer. Das gibt mir neue Kraft. Plötzlich höre ich Geräusche von links. Wehende Ohren rasen auf mich zu. Sie gehören zu Emma, die im Hundegalopp freudig auf mich zustürmt. Dicht gefolgt von Fleur, Vin und Rose.

„Maaaammmaaaa", rufen sie laut.

Emma begrüßt mich stürmisch. Die Kids bleiben dicht vor mir stehen. Sie wirken verunsichert. Ich kann mir denken, warum. Bestimmt predigte ihnen Noah ausgiebig, dass ich geschont werden muss und sie vorsichtig sein sollen bei Berührungen.

„Geht's?", fragt er mich. Er sieht besorgt aus.

„Ja, alles gut", gebe ich zurück.

Ich fühle mich trotz Schmerzen augenblicklich neu belebt.

„Soll ich dir ins Haus helfen?"

Wie goldig! Mit 14 fühlt sich Rose bereits sehr

erwachsen und tat in den vergangenen Monaten alles, um uns das auch praktisch zu bewei-
sen. Wie ich sehe, gibt es nun eine Fortsetzung
dessen.

„Das ist lieb von dir. Danke.“

So muss sich ein Walross fühlen, wenn es an
Land vorwärtsgelangen will. Ich komme kaum
hoch. Rose hält mich auf der einen Seite am Arm
fest. Noah auf der anderen. Vin und Fleur indes
streiten sich darum, wer die Krücken ins Haus
tragen darf. Selbst Emma merkt, dass sich etwas
verändert hat. Sie trottet in Zeitlupe neben der
kleinen Reisegruppe her. Alle zeigen sich sehr
geduldig. Mal sehen, wie lange noch.

„Gefällt dir das Zimmer?“, fragt Rose aufgeregt.

Wir sind in meinem ehemaligen Arbeitszimmer angekommen. Das wird für unbestimmte
Zeit mein Schlafzimmer sein, denn die Treppen
ins Obergeschoss sind für mich nicht machbar.

„Schön habt ihr das gemacht!“

Ich blicke mich um. Da haben sich die Vier wirklich Mühe gegeben. Ich vermute allerdings, dass Marie die Umgestaltung federführend in ihren Händen hatte. Alles spricht dafür. Sie hat ein Auge für harmonische Innengestaltung und kennt mich zudem lange. Sogar neue Gardinen in einem zarten Mint-Ton hängen am Fenster. Erschöpft lasse ich mich auf das Bett nieder. Die Bettwäsche duftet herrlich. Sie ist ebenso neu und frisch gewaschen.

„Wir lassen dich nun allein. Dann kannst du dich ausruhen", bestimmt Noah.

„Ich will bei Mama bleiben", protestiert Fleur.

„Sie braucht Ruhe", erklärt Rose.

„Ich geh dann mal zu Jakob", sagt Vin.

Es ist spürbar, dass ihm das Ganze hier zu viel wird. Er ist ein sensibler Junge, macht sich zu allem viel zu viele Gedanken, wirkt bisweilen verschlossen. Emma hüpft mit einem Satz zu mir ins Bett.

„Emma!", ruft Noah energisch und will sie schon am Halsband packen.

„Sie stört mich nicht und kann ruhig liegen bleiben."

Das Bett ist groß genug für uns zwei. Ich lege mich auf den Rücken. Meine Familie verlässt das Zimmer.

„Wenn du etwas brauchst, rufe einfach. Ich lasse die Tür offen."

Mit diesen Worten verlässt Noah als Letzter das Zimmer. Der Raum wirkt vertraut und dennoch ungewohnt anders auf mich. Auf dem Schreibtisch in der Ecke stapelt sich die Post.

„Die Welt da draußen dreht sich einfach weiter, als wäre nichts geschehen", denke ich mir und nehme mir fest vor, die Briefe später durchzuschauen. Es lässt mir sonst keine Ruhe.

„Was ist denn jetzt schon wieder los? Seid nicht so laut! Mama braucht Ruhe", höre ich Noah durchs Haus schreien. Danach ein Rumpler. Vin und Fleur brüllen sich gegenseitig an. Worüber sie sich streiten, kann ich nur erahnen. Zumindest schiebt jeder die Schuld auf den anderen und keiner will es gewesen sein.

„Ich habe euch doch gebeten, Rücksicht auf Mama zu nehmen", legt Noah nach. „Also klärt das jetzt sofort und dann ist Feierabend! Haben wir uns verstanden?"

„Das ist unfair, so unfair!", kontert Vin.

„Die ganze Zeit nehme ich Rücksicht auf Mama. Und was ist mit mir?"

Wütend stampft er durch den Flur und schlägt die Haustür hinter sich zu. Ich zucke nach seinen Worten und dem Rumms zusammen. Schuldgefühle keimen in mir auf. Sie überfluten mich regelrecht.

„Emma, kommst du? Ball spielen im Garten. Koooommm schon!"

Rose, das Energiebündel, meldet sich zu Wort. Der ganz normale Wahnsinn unseres Alltags, der mich nun schon so viele Jahre begleitet. Sie und Emma haben eine enge Verbindung. Sie kleben förmlich aneinander, in jeder freien Minute. Emma schaut mich mit großen, treuherzigen Augen fragend an, als warte sie auf meine Erlaubnis, das Zimmer nun verlassen zu dürfen. Ich gebe ihr ein Zeichen. Mit einem Satz springt sie aus dem Bett und rennt freudig nach draußen. Im selben Moment betritt Noah das Zimmer und stolpert beinahe über die davonpreschende Hündin.

„Hoppala! Manche Dinge ändern sich nie. Wie geht es dir? Fühlst du dich wohl in deinem neuen Reich?"

Er setzt sich auf die Bettkante. Seine Sorge um mich ist unübersehbar. Mir wird das fast zu viel des anhaltenden Bemutterns.

„Ja, ich fühle mich sehr wohl hier, bin aber der Meinung, du solltest mit den Kindern nachsichtiger sein."

„Momentan geht's nicht um die Kinder, sondern um dich. Kannst du nicht einmal auch an dich denken? Du brauchst Ruhe, damit dein Körper regenerieren kann. Willst du das nicht verstehen?"

Seine Worte klingen ungewohnt vorwurfsvoll. Das sehe ich anders. Die Kinder können doch noch gar nicht richtig verstehen oder einschätzen, was passiert ist.

„Aber sie …"

„Ich mag jetzt nicht weiter darüber sprechen", unterbricht er mich mitten im Satz.

Das Nachhausekommen hatte ich mir anders vorgestellt. Irgendwie harmonischer. Da mir jedoch die Kraft für eine Diskussion fehlt, belasse ich es für diesen Augenblick dabei. Noah schaut mich erwartungsvoll an. Er wartet immer noch auf eine Antwort.

„Schöne Vorhänge!"

Ich halte es für besser, das Gespräch in eine unverfängliche Richtung zu lenken, da ich erst mal Zeit brauche, um richtig anzukommen – in meinem neuen Leben, das komplett auf den Kopf gestellt wurde.

06. November 2019

Die Kinder sind bereits in der Schule. Noah kommt von der Morgenrunde mit Emma zurück. Die nasskalte Luft von draußen umgibt ihn noch, als er mir einen Kuss gibt. Ich liege eingekuschelt in meinem Bett.

„Alles startklar fürs Duschprogramm? In fünf Minuten geht's los. Ich trinke nur eben einen Kaffee, möchtest du auch einen?"

Er zieht sich seine vom Regen durchnässte Jacke aus. Nach Kaffee ist mir überhaupt nicht zumute. Ich möchte die verbleibenden Minuten lieber nutzen, um mich mental auf das bevorstehende Duschprogramm vorzubereiten. Das

Trockenhaarshampoo ist zwar eine nette Sache, aber dauerhaft auch keine Lösung.

„Nein danke, später vielleicht", antworte ich ihm.

Mit einem aufmunternden Augenzwinkern verlässt er das Zimmer. Ich höre, wie er sich in der Küche an der Kaffeemaschine zu schaffen macht.

„Lass dir Zeit, es eilt nicht", rufe ich hinaus.

„Ich nehme dich beim Wort", hallt es zurück.

Es läuft uns ja nichts weg. Warum also unnötig Stress verursachen? Noah hat genug zu tun mit den Kindern, der Arbeit, dem Haushalt und mir – auch wenn Haushaltshilfe Marie eine echte Stütze ist, aber eben nicht ständig vor Ort. Eigentlich müsste ich schlechte Laune haben. Nach einer Woche mache ich nach wie vor fast nichts, außer zu liegen. Komischerweise ist in mir jedoch eine nie dagewesene Ruhe. Ich weiß, dass alles gut wird. Irgendwann. Und so lange bleibe ich geduldig. Die Ärzte im Krankenhaus waren da weniger zuversichtlich und auch Noah kann nicht verbergen, dass er das Schlimmste befürchtet. Er versucht es mir nicht zu zeigen, doch wir kennen uns einfach zu lange. Seine Körpersprache, Verhalten und seine Mimik sprechen Bände.

„Da bin ich. Ich habe im Bad schon alles vorbereitet, es kann also losgehen."

Voller Elan tritt er an mein Bett heran. Ich schäle mich aus dem Bettzeug. Er bleibt dabei dicht an meiner Seite. Auf meinen Krücken watschle ich ins Bad. Immerhin habe ich mich von der Schnecke schon zur lahmen Ente vorgekämpft.

„Nehmen Sie Platz, schöne Frau. Darf ich Ihnen heute die Haare waschen?"

Er klingt dabei, als sei es das normalste der Welt, seiner Frau die Haare zu waschen, die auf einem Duschhocker unter der Brause sitzt. Der Hocker ist neu und ich nehme darauf exakt in dem Winkel Platz, dass ich mich nicht im Spiegel ansehen muss. Den Anblick der hilfsbedürftigen

Frau ertrage ich nicht, zumal ich tief in mir drin weiß, dass das sowieso nur ein vorübergehender Zustand sein wird. Meiner traumatisierten Seele tut es da viel besser, mich als gesunde, kraftvolle und eigenständige Frau in Erinnerung zu haben. Das stärkt mich mehr als das jammervolle Bild, das ich aktuell abgebe. Noah seift mir die Haare mit Shampoo ein. Ich starre auf die Badfliesen und male mir aus, wie ich mich bald schon wieder allein um meine Schönheitspflege kümmern kann. Das Wasser läuft mir über Gesicht und Augen. Noah bemüht sich redlich, mir ja nicht wehzutun und passt akribisch auf, dass mir kein Shampoo in die Augen läuft.

„Geht's so?", fragt er beinahe sekündlich.

Für ihn als Mann ist es ungewohnt, mit so viel Haupthaar, wie ich es habe, umzugehen. Ich bin stolz auf meine Haarpracht.

„Den Rest schaffe ich allein!", erkläre ich energisch.

So weit kommt es noch, dass er mich waschen muss. Das bekomme ich selbst hin. Weil ich es will! Ich brauche dringend das Gefühl von ein klein wenig Selbstständigkeit in der Unselbstständigkeit. Das erkämpfe ich mir jeden Tag ein Stück mehr. Für jeden noch so kleinen Handgriff bin ich unendlich dankbar, den ich allein bewerkstelligen kann. Er dreht sich diskret um, während ich mich wasche. Fertig! In aller Ruhe trockne ich mich ab. So, wie es halt geht. Und da, wo es nicht geht, darf Noah übernehmen. Danach cremt er mir mit Narbensalbe meine OP-Narbe ein und hilft mir in den Bademantel.

„Jetzt fühle ich mich schon viel besser", erkläre ich strahlend, aber völlig k.o.

Mit ungeschickten Handbewegungen bindet Noah meine Haarpracht mit einer Klammer an meinem Oberkopf zusammen. Ich kann mich zwar nicht sehen, fühle aber, dass ich damit bestimmt keinen Schönheitswettbewerb für die schönste Hochsteckfrisur gewinnen werde. Doch ich will nicht meckern. Frisch gewaschenes Haar ist ein Knaller-Gefühl. Ich genieße es. Dankbar strahle ich ihn an.

„Sollen wir direkt weitermachen und die Haare föhnen oder brauchst du eine Pause?"

Er wirkt verunsichert. Auf der einen Seite spürt er meinen Drang, ins normale Leben zurückzukommen. Auf der anderen Seite sind da seine Sorge sowie pessimistische Grundeinstellung, was meine Genesung betrifft. Ich merke, wie er mit sich kämpft.

„Ich bräuchte eine klitzekleine Pause", schwindle ich, obwohl ich merke, wie längst sämtliche Kräfte aus meinem Körper gewichen sind und meine Beine bereits beginnen wackelig zu werden. Ich sollte schnellstens zurück ins Bett, und das für länger als nur zehn Minuten. Ohne ein weiteres Wort zu verlieren, begleitet Noah mich zurück in mein Schlafzimmer. Fürsorglich breitet er ein Handtuch auf meinem Kopfkissen aus, damit ich mich von der Strapaze erholen kann.

„Du rufst mich, wenn du so weit bist!“

„Es ist alles gut, Noah. Ich muss mich wirklich nur ganz kurz ausruhen“, beschwichtige ich ihn.

Mein Herz pulsiert laut. Ich lausche dem Geräusch andächtig. Außer mir glaubt niemand daran, dass sich alles wieder geben wird und ich zudem dieses blöde Implantat im Rücken loswerde. Es stört mich, es schmerzt mich, das Ding macht mich fertig, schränkt mich in jeder Bewegung ein und fühlt sich fremd an.

„Geht's wieder?“

Noah kommt mit zwei Tassen Cappuccino an mein Bett.

„Passt schon“, erkläre ich siegesgewiss.

„Wie lange willst du dir eigentlich noch etwas vormachen? Du musst endlich akzeptieren, dass du Hilfe brauchst. Dein ewiger Stolz ist momentan nicht gerade förderlich.“

Bei diesen Worten verschlucke ich mich beinahe an meinem leckeren Cappuccino und starre ihn entgeistert an.

„Ich sage dir jetzt eins, mein Schatz, und das darfst du dir für alle Zeiten merken: Niemals werde ich akzeptieren, dass ich auf Hilfe angewiesen bin. Verstehst du? Niemals! Ich weiß zwar nicht, wie lange es braucht, aber es wird alles gut. Vielleicht gestaltet sich mein Leben etwas anders, aber es wird gut! Und ich werde ganz sicher eines Tages ohne diesen Fremdkörper in meinem Rücken durchs Leben schreiten. Derzeit sieht es zwar noch nicht danach aus. Aber ich weiß, dass es so kommen wird. Mehr gibt es dazu nicht zu sagen!“

Ich blicke ihm dabei fest in seine Augen. Hoffentlich begreift er es jetzt endlich. Es wäre besser für uns alle. Noah tritt zum Fenster und schaut in unseren Garten hinaus. Er nippt dabei an seinem Cappuccino.

„Ich wünsche es dir, Claire!", reagiert er schließlich auf meine Ansage. Mit traurigem Blick nimmt er mir meine leere Tasse ab und lässt mich allein. In wenigen Stunden muss er los auf seinen nächsten Flug. Wir werden uns zwei Tage nicht sehen. Marie hält währenddessen hier die Stellung. Und wer weiß, vielleicht tut uns das beiden ja gut. Zumindest kann ich dann ohne seine argwöhnisch besorgten Blicke weiter an meinem Plan arbeiten, der da lautet: Meine Selbstständigkeit zurückerobern. Und in zwei Wochen geht's sowieso los zur Reha. Ein weiterer Meilenstein.

8. November 2019

Die lahme Ente liegt wieder im Bett. Also nonstop und nicht ganz freiwillig. Gestern bin ich auf dem Weg ins Bad mit den Krücken gestürzt – inklusive

Besuch vom Notarzt, Fahrt ins Krankenhaus und ziemlich viel Aufregung. Weniger bei mir, sondern den anderen. Es tat zwar schon weh, aber ich spürte, dass es kein Grund zur Sorge gibt.

„Sie sollten sich doch schonen!", schimpfte gestern der Arzt mit mir.

„Dein verdammter Stolz!", schimpfte Noah telefonisch mit mir. Er sitzt irgendwo in Ecuador fest, weil eine Schlechtwetterfront in Orkanstärke seinen Rückflug verhindert. Ich weiß nicht, warum sich alle so entrüsten. Ist ja nichts weiter passiert – außer, dass ich nun drei Tage Bettruhe halten muss.

„Es ist nichts weiter passiert", meinte der Arzt.

„Kann ich also wieder nach Hause?", fragte ich.

Im Krankenhaus wollte ich auf keinen Fall bleiben!

„Nur unter der Bedingung, dass Sie konsequent mindestens drei Tage das Bett nicht verlassen."

„Mach ich!"

Heute – einen Tag später – gehe ich endlich die Post durch. Das bekomme ich auch im Liegen hin. Ansonsten bleibt für mich alles wie gehabt: Das wird schon wieder mit meinem Rücken. Und irgendwann auch ohne Implantat. Das Ding nervt mich jeden Tag mehr!

25. November 2019

Mein Koffer steht griffbereit im Flur, als es an der Haustür läutet. Der Krankentransport in die Reha ist da. Ein netter älterer Mann mit grauen Haaren steht vor mir.

„Guten Morgen, Frau Santonie. Ich darf Sie in die Rehaklinik fahren. Sind Sie fertig? Ich bringe schon mal Ihr Gepäck in den Wagen", gibt er mir gut gelaunt bekannt.

„Einen Moment, bitte. Ich komme gleich zu Ihnen raus."

Meine Stimme klingt brüchig. Ich bin nicht gut im Abschied nehmen. Begrüßungen fallen mir deutlich leichter. Noah schließt mich in seine starken Arme, in denen ich mich sicher und geborgen fühle. Ich sauge den Geruch von Heimat in mich auf und stärke mich innerlich für die bevorstehende Zeit. Mit Tränen in den Augen, aber einem starken Glauben auf das Gute, verabschieden wir uns voneinander.

„Am Wochenende komme ich dich dann gleich mit den Kindern besuchen", versucht er mich aufzumuntern.

Ich bin dankbar, dass die Kids bereits in der Schule sind. Das wäre vielleicht ein Abschiedsdrama geworden mit den drei Rackern. Sehr bewusst gehe ich die Schritte bis zum Krankentransport allein. Noah und Emma schauen mir betrübt hinterher. Der nette Herr hilft mir ins Gefährt. Für die Fahrt kann ich mich hinlegen. Er schnallt mich ordentlich fest. Dann geht er ums Fahrzeug herum, steigt ein, startet den Motor und fährt langsam los. Die Kieselsteine unserer Einfahrt rascheln unter den Rädern. Durch die Fenster beobachte ich ein lustiges Wolkengebilde am Himmel. Da ich sonst nichts zu tun habe, betrachte ich während der gesamten Fahrt die Wolken. Dabei werde ich mal mehr, mal weniger durchgeruckelt. Wolken gucken ist wie Meditation. Ich entspanne mich schnell und fange zu träumen an, wie ich in Zukunft wieder beschwingt durchs Leben tanze. Wir sind bereits eine ganze Weile unterwegs und ich frage mich, wie lange es wohl noch dauert. Am liebsten würde ich beim Fahrer nachhaken, halte mich aber zurück. Die Wolken werden mit zunehmender Fahrt weniger. Der blaue Himmel gewinnt die Oberhand.

„Noch ungefähr fünfzehn Minuten, dann sind wir da", sagt mein Begleiter.

Darüber bin ich sehr froh, denn bei aller Entspannung wird es Zeit, wieder in ein ordentliches

Bett zu kommen. Ganz ohne Ruckeln und Zuckeln. Ich kann es kaum erwarten!

Schneller als gedacht, kommen wir an der Klinik an. Der Wagen kommt zum Stehen. Der Herr öffnet die Tür. Er sowie zwei weitere Gesichter schauen zu mir herein.

„Willkommen in der Klinik Friedrichsblick, Frau Santonie.“

Eine blutjunge Schwester übergibt mir meine Nordic Walking Stöcke. Ein herrliches Gefühl, von Krücken auf dieses sportliche Inventar umgestiegen zu sein. Seit drei Tagen nutze ich sie. Der Pfleger unterhält sich derweil mit dem Fahrer. Die Klinik schaut vielversprechend aus. Alles gepflegt und harmonisch von außen. Nur der Weg vom Auto bis zum Eingang scheint mir für meine Verhältnisse etwas weit. Zentimeter für Zentimeter kämpfe ich mich vorwärts und lasse mir die Anstrengung nicht anmerken. Dachte ich jedenfalls.

„Kannst du bitte mal einen Rollstuhl holen, Emil?“, bittet die Schwester ihren Kollegen.

Ihr ist also doch aufgefallen, dass ich leicht überfordert bin mit der Wegstrecke. Emil eilt davon. Ich bekomme derweil einen Platz an der Sonne angeboten. Das Wetter heute spielt vollkommen verrückt. Fast zwanzig Grad und Sonnenschein wie im Frühling. Ich platziere mich dankbar auf einer kleinen Mauer, die vom Sonnenschein ganz warm ist. Kaum Platz genommen, kehrt Emil zurück. Ist er geflogen oder wie ging das so schnell? Erleichtert lasse ich mich im Rollstuhl nieder. Keine fünf Minuten später stehen wir vor einer Zimmertür: meinem kleinen Reich für die nächsten drei Wochen.

„Oh wie schön!“, platzt es aus mir heraus, als die Schwester die Tür öffnet.

Das Zimmer ist hell und freundlich eingerichtet, mit kleinen, liebevollen Details. Ganz anders, wie man es von einer Rehaklinik erwarten würde. Der

Pfleger entlässt mich aus dem Rollstuhl, lächelt mich an und bugsiert meinen Koffer auf den Koffertisch. Das ist eine große Hilfe. So kann ich ihn selbst auspacken, ohne mich dabei bücken zu müssen.

„Richten Sie sich gern in Ruhe ein, Frau Santonie, und erholen Sie sich von der Fahrt. In etwa einer Stunde kommt die für Sie zuständige Ärztin vorbei."

Seine Kollegin legt diverse Blätter auf den kleinen Tisch. Hausordnung, Programme, Infomaterial und all so Zeug. Vom Fenster lacht die Sonne herein. Ich gehe näher heran und schaue hinaus. Ein Balkon? Das gibt's ja nicht! Ich kann mein Glück kaum fassen. Es gibt tatsächlich einen Balkon mit Blick auf die Ostsee. Da kommt beinahe Urlaubsfeeling in mir auf, denn ich liebe das Meer. Ich öffne die Balkontür und trete hinaus. Trotz sonnigen Wetters bläst mir ein eiskalter Wind entgegen. Die salzige Meeresluft ist förmlich zu riechen.

Ich atme tief ein und bin in diesem Augenblick tatsächlich vollkommen glücklich. Alles wird gut.

„Guten Tag, Frau Santonie."

Eine Dame betritt das Zimmer. Sie ist mittleren Alters, von leicht fülliger Figur und strahlt Herzlichkeit aus. Sagte der Pfleger vorhin nicht, sie käme erst in einer Stunde? Blitzschnell checke ich die Uhrzeit und stelle fest, dass ich die ganze Stunde bereits auf dem Balkon und im Zimmer verbummelt habe, ohne zu merken, wie schnell die Zeit vergangen ist.

„Ich bin Frau Dr. Schubert und würde mit Ihnen gern alles Weitere für die nächsten Tage besprechen."

„Hallo Frau Doktor Schubert. Aber natürlich!", erwidere ich und setze mich in einen der beiden Sessel, der an dem kleinen Tisch in der Ecke steht. Mir gegenüber nimmt Frau Schubert Platz. Sie erzählt. Ich höre aufmerksam zu. Klingt alles sehr positiv. Allerdings wartet ein straffes Programm auf mich. Plötzlich hält sie inne und schaut mich aus ihren warmen, braunen Rehaugen an.

„Neben der körperlichen Therapie würde ich unbedingt auch mit einer Psychotherapie bei Ihnen starten", meint sie. „Wissen Sie, Körper und Seele beeinflussen sich gegenseitig. Und Sie haben von dem Unfall ein Trauma davongetragen. Darum sollten wir uns genauso kümmern."

Beim Wort Psychotherapie bekomme ich bereits Gänsehaut im negativen Sinne. Sofort baue ich eine innere Abwehrhaltung auf.

„Ich denke zwar nicht, dass ich eine Psychotherapie benötige, aber wenn Sie meinen. Ich kann es mir ja mal anschauen", reagiere ich darauf. Meine Worte klingen ungewohnt kühl. Ungläubig schaut mich die Ärztin an.

„Gut, dann stelle ich Ihren Therapieplan zusammen und morgen früh starten wir mit allem. Wir sehen uns dann erst übermorgen wieder. Ich wünsche Ihnen eine gute Eingewöhnung bei uns."

Sie steht auf, immer noch mit demselben Lächeln im Gesicht. Selbst meine schroffe Bemerkung zur Psychotherapie tat ihrer Herzlichkeit keinen Abbruch. Doch erst mal möchte ich mich nun hinlegen. Auspacken werde ich später. Ich bin vollkommen erschöpft. Bis zum Abendessen dauert es noch. Ich kann mir also Zeit lassen. Mein Bett ist glücklicherweise angenehm weich. Ich mag keine harten Matratzen. Mit dem Handy in der Hand lege ich mich hin und bette meinen Kopf auf das duftende Kopfkissen. Ich wähle Noahs Nummer. Leider nur die Mailbox.

„Hallo Schatz, ich bin gut angekommen und hatte schon das Arztgespräch. Nun werde ich mich hinlegen und melde mich am Abend noch mal. Ich liebe dich!"

Um kurz vor sieben Uhr mache ich mich mit meinen Nordic Walking Stöcken auf den Weg in den Speisesaal. Mir ist überhaupt nicht nach Gesprächen. Daher hoffe ich, dass die anderen

Patienten schon fertig sind mit Essen, damit ich weiter Zeit für mich allein haben kann. Ich brauche das jetzt. Irgendwer scheint meine Bitte erhört zu haben. Der Speisesaal ist fast leer.

„Hier bitte, das ist Ihr Tisch für die Dauer Ihres Aufenthalts", weist mir eine Frau meinen Platz zu. Auf dem Tisch steht ein kleines Schild aus Messing. Darauf blitzt mir die Zahl 44 entgegen. Sie zieht mich magisch an. Ständig muss ich auf das Schild schauen, solange ich darauf warte, dass mir das Essen gebracht wird. Dann fällt es mir wie Schuppen von den Augen. Die Zahl will mir etwas sagen. Sie hat eine Bedeutung und nun weiß ich auch, welche. In zwei Jahren werde ich 44. Bis dahin bin ich wieder so hergestellt, dass ich selbstständig gut zurechtkomme. Zwei Jahre! Okay, bis dahin heißt es durchhalten. Der Weg wird steinig werden. Dann aber beginnt mein neues Leben ohne Fixateur und auch ohne künstliche Wirbelkörper, ohne Gehhilfen oder anderen Hilfskram. Mein Blick hängt wie hypnotisiert an dem Schild. Ein Lächeln huscht über meine Lippen. Diese Erkenntnis schließe ich tief in meinem Herzen ein. Dort ist sie sicher.

27. November 2019

„Moin Frau Santonie. Haben Sie sich inzwischen gut bei uns eingelebt?" Frau Doktor Schubert lächelt mich an. Allerdings wirkt ihr Lächeln aufgesetzt und nicht so unbekümmert wie bei unserer ersten Begegnung am Montag. Meine gute Laune bekommt abrupt einen Dämpfer und ich warte ab, was wohl kommen mag.

„Die Untersuchungsergebnisse fallen leider nicht so wie erhofft aus, Frau Santonie. Bei der Röntgenuntersuchung hat sich gezeigt, dass ein Wirbelkörper noch weiter in sich zusammengesackt ist, als er eh schon war. Wir haben bereits mit Ihrem Operateur Kontakt aufgenommen, ob wir Sie in dem Zustand überhaupt hierbehalten können und die Reha wie geplant verlaufen kann. Sobald wir einen gemeinsamen Entschluss gefasst haben, melde ich mich bei Ihnen. Bis dahin läuft erstmal alles wie gehabt weiter."

Die Worte schwirren durch meinen Kopf. Bin ich hier eigentlich die Einzige auf diesem Planeten, die daran glaubt, dass alles wieder gut wird? Und warum bekomme ich ausgerechnet jetzt solche Nachrichten und schon wieder dann, wenn ich fernab von zu Hause sitze, mutterseelenallein?

Dr. Schubert zeigt mir die Röntgenbilder mitsamt aller vorgenommenen Messungen. Ich bemühe mich redlich, die Contenance zu wahren und den Informationen zu lauschen. Meiner langjährigen Schauspielausbildung sei Dank, gelingt es mir einigermaßen. Jedoch kostet es mich unfassbar viel Kraft.

„Haben Sie noch Fragen?"

„Nein, ich habe keine weiteren Fragen.“

Erschlagen von der Nachricht erhebe ich mich langsam vom Stuhl und schleiche die Gänge bis zu meinem Zimmer entlang. Mir ist nach Weinen zumute. Zum Glück habe ich bis zum Beginn meiner ersten Psychotherapiesitzung noch etwas Zeit, um die Nachricht zu verdauen. Auf dem Weg zu meinem Zimmer komme ich an einer kleinen Kapelle vorbei. Sie ist mir schon am ersten Tag aufgefallen. Zaghaft öffne ich die Tür und spähe vorsichtig hinein, ob ich allein bin. Keine Menschenseele ist zu sehen. Ich husche hinein, schaue mich um und nehme an einem für mich stimmigen Ort Platz. Die kleine Kapelle umhüllt mich sofort mit Geborgenheit und so lasse ich meinen Tränen ungestört freien Lauf, bis mein Geist wieder klar denken kann. Was auch immer diese Nachricht eben bewirken sollte, ich bleibe dabei: Alles wird gut. Vielleicht wurde ich eben ja nur nochmals geprüft, ob ich auch wirklich an meine Genesung glaube. Und wie ich das tue! Sichtlich gestärkt verlasse ich die Kapelle. In einem erstaunlich guten emotionalen Zustand komme ich in meinem Zimmer an, lege mich ins Bett und vertrödele die Zeit mit Nichtstun, bevor es demnächst zu meiner ersten Psychotherapiesitzung geht.

Pünktlich auf die Minute komme ich bei der zuständigen Psychologin an. Ich setze mich auf einen der Stühle vor der Tür. Mein Widerstand gegen eine Therapie ist nach wie vor enorm. Mit aller Kraft versuche ich, mich dem Ganzen zu öffnen.

„Frau Santonie? Treten Sie ein!"

Eine junge dynamische Ärztin erscheint am Türrahmen. Trotz innerer Gegenwehr bin ich mindestens genauso neugierig, was gleich passieren wird. Beim Betreten des Zimmers fallen mir die lilafarbenen Orchideen auf dem Schreibtisch auf. Ich nehme in einem bequemen braunen Ledersessel davor Platz. „Ich freue mich, dass wir uns kennenlernen. Mein Name ist Dr. Leitner“, stellt sie sich vor.

Unmittelbar danach befragt sie mich zu meiner Person und Lebenssituation. Artig beantworte ich alles sehr gewissenhaft.

„Können Sie sich noch an irgendetwas vom Unfallhergang erinnern, Frau Santonie?“, lenkt sie das Gespräch zum Kern der Sache.

„Nein, ich kann mich nach wie vor an nichts erinnern. Mein Erinnerungsvermögen endet an der Stelle, als noch alles gut war und ich vergnügt auf dem Rücken von Sternschnuppe saß.“

Ach, mein lieber Sternschnuppe … Ich fühle dieses Pferd gerade intensiv in allen meinen Zellen. Vor allem in der Herzregion.

„Wenn es körperlich möglich wäre, würden Sie wieder reiten?“, fragt sie.

Die Worte fühlen sich an wie ein Messerstich und triggern mein Trauma mächtig.

„Wie bitte? Meinen Sie das im Ernst? Natürlich nicht! Ich werde nie wieder reiten. Meinen Sie wirklich, ich würde mich nach allem, was passiert ist, noch mal auf ein Pferd setzen?", entgegne ich.

Entgeistert starre ich sie an und kann nicht glauben, dass sie mich das eben fragte. Meine Gefühle geraten weiter in Wallung. Ich finde die Frage unsensibel. Damit hat sich die Sitzung für mich umgehend erledigt. Etwaige weitere auch!

„Wie sind denn Ihre Vorstellungen für den weiteren Verlauf?", löchert mich Doktor Leitner unbeirrt weiter.

„Das kann ich Ihnen sehr genau sagen: Ich brauche keine Psychotherapie, die bei Pontius Pilatus beginnt. Mir ist bewusst, dass ich Unterstützung benötige, damit ich das Trauma verarbeiten kann. Allerdings möchte ich diese Unterstützung bei einer Therapeutin vor Ort bekommen. Hier werde ich ganz sicher keine Therapie machen."

Wumms! Doktor Leitner schaut mich intensiv an.

„Sie haben sehr klare Vorstellungen von dem, was Sie möchten und was wiederum nicht, Frau Santonie. Sie wollen hier also nicht mit einer Psychotherapie beginnen. Habe ich Sie da richtig verstanden?"

Was für eine dämliche Frage. Typisch Therapeutin!

„Wie ich eben sagte. Gerne können wir von hier aus bereits alles in die Wege leiten. Ich hätte von Ihnen dazu gerne Empfehlungen erfahrener Trauma-Kolleginnen in Hamburg. Ich kümmere mich um alles Weitere."

Unruhig rutsche ich auf meinem Sessel hin und her. Ich würde jetzt gerne gehen. Das macht für mich so keinen Sinn. Und zum ersten Mal wird mir bewusst, dass ich zukünftig keine Kompromisse mehr machen werde. Gleichgültig, was andere sagen.

„Gut. Wenn Sie das so wünschen. Ich lasse Ihnen in den nächsten Tagen entsprechende Adressen zukommen.“

„Danke! Dann hätten wir so weit alles besprochen, oder?“

Noch während ich den Satz ausspreche, erhebe ich mich aus dem Ledersessel – bereit, das Behandlungszimmer erhobenen Hauptes zu verlassen. Ab jetzt entscheide ausschließlich ich, was gut für mich ist. Und das jetzt fühlt sich richtig gut an!

22. Dezember 2019

Mit meinen Nordic Walking-Stöcken bewaffnet, stehe ich in der mir inzwischen vertrauten Eingangshalle der Rehaklinik. An der Rezeption hat sich eine kleine Schlange gebildet. Ich stelle mich hinten an, denn ich möchte heute schon alles für meine Rückreise morgen Vormittag organisieren.

„Haben Sie Lust, gemeinsam draußen eine Runde zu laufen?"

Ich drehe mich um und blicke in ein mir unbekanntes Gesicht einer Mitpatientin. Sie macht einen freundlichen, offenen Eindruck.

„Oh, das ist nett, aber danke, nein! Die Stöcke brauche ich als Gehhilfen. Einen längeren Spaziergang schaffe ich noch nicht."

„Das tut mir sehr leid für Sie, merkt man Ihnen aber gar nicht an", antwortet sie und scheint peinlich berührt. Sie dreht sich auf dem Absatz um und macht sich schnellen Schrittes auf zum Ausgang. Das nehme ich als Kompliment. Trotz großer Beeinträchtigungen habe ich von meiner Leuchtkraft offensichtlich nichts verloren. Das tut gut zu spüren.

„Wie kann ich Ihnen behilflich sein?", unterbricht die Empfangsdame meine Gedanken.

„Santonie, mein Name. Ich möchte bitte das Notwendige für meine morgige Abreise klären. Wissen Sie schon, wann der Krankentransport kommt?"

Die Dame tippt etwas in Ihren Computer ein.

„Sie benötigen einen liegenden Krankentransport, richtig?"

„Ja!"

Ich kann mir vorstellen, dass die Dame wegen des Liegendtransportes irritiert ist. Eben noch wurde ich zu einer Nordic Walking-Runde eingeladen und auf andere Menschen wirke ich mit meinem Outfit und den Stöcken wahrscheinlich topfit.

„Wissen Sie, ich kann nur begrenzte Zeit sitzen wegen der Schmerzen. Eine Fahrt von hier zurück nach Hamburg ausschließlich sitzend, schaffe ich beim besten Willen nicht. Daher möchte ich den Liegendtransport bitte heute schon geklärt haben", füge ich an.

„Typisch Claire! Immer schön am Organisieren. Komm her, Süße, lass dich umarmen!“, flö-
tet es hinter mir.

Und schon liege ich in den Armen meiner besten Freundin. Was macht Jodi denn an der Ostsee? Ich freue mich wie ein kleines Kind, sie zu
sehen.

„Jodi, was für eine Überraschung. Du hier?“

Wir liegen uns lachend in den Armen. Mein
Rücken schmerzt wie noch was, doch ich unter-
drücke die Schmerzen gekonnt.

„Mir wurde es zu Hause zu stressig. Henry
nervt alle, weil er irgendetwas Ultrawichtiges
für deine Ankunft morgen vorbereiten will.
Weihnachten steht auch vor der Tür. Da dachte
ich, ich eise mich mal los, mache einen kleinen
Ausflug und schnuppere Meeresluft.“

Grinsend schaut sie mich an.

„Du bist einfach die Beste!“, reagiere ich auf
den Spontanbesuch und ihre Worte.

Die Empfangsdame übergibt mir derweil einige Papiere und erklärt, wie das morgen ablaufen wird, was es zu beachten gibt und so weiter. Jodi wartet geduldig.

„Komm, wir gehen auf mein Zimmer", bitte ich sie, als alles erledigt ist.

Ich muss mich jetzt dringend hinlegen. Zielstrebig steuere ich mit ihr die Treppen an, die uns ins passende Stockwerk führen sollen.

„Das ist jetzt nicht dein Ernst, Süße?!", empört sie sich.

„Aber sowas von! Meinst du denn, ich war hier zum Spaß? Nee! Ich war sogar total fleißig und hatte eine großartige Physiotherapeutin an meiner Seite, mit der ich unter anderem gelernt habe, wieder Treppen zu gehen."

Das macht mich irrsinnig stolz!

„Na, dann lass mal sehen."

Ich gehe vor, sie bleibt direkt hinter mir. Stufe für Stufe erklimme ich den Weg nach oben.

Mein Rücken brennt dabei wie Feuer und mein Herz klopft wie verrückt. Dennoch bin ich wild entschlossen, es bis zu meinem Zimmer zu schaffen. Mit einer Hand halte ich mich am Treppengeländer fest. Mit der anderen umklammere ich meine Stöcke. Auf der Zwischenetage lege ich eine Pause ein und atme einige Male tief durch.

„Gar nicht übel!", murmelt Jodi anerkennend.

„Ich würde eher sagen sensationell! Und das Arbeitszimmer ist somit auch passé. Ab morgen Nacht schlafe ich wieder neben Noah, wie sich das gehört!"

Was für eine schöne Vorstellung. Mir wird dabei warm ums Herz. Mit eiserner Disziplin mobilisiere ich meine letzten Kräfte. Wir erreichen mein Zimmer. Erschöpft, aber glücklich, lege ich mich aufs Bett.

„Ruhe du dich nun erst mal aus. Du bist ja völlig fertig! Ich packe in der Zwischenzeit den

Großteil deiner Sachen zusammen. Was magst du für die Fahrt morgen anziehen?"

„Ich hatte an die graue Leggings gedacht. Und in jedem Fall meine dicke, ockerfarbene Strickjacke. Ich friere so schnell. Seit Ära Fixateur bin ich eine wandelnde Frostbeule. Das Ding zieht die Kälte nur so an. Schrecklich!"

Sobald meine Gedanken zum Fixateur gehen, keimt sofort mein Kampfgeist in mir auf. Ich werde alles dafür tun, diesen verhassten Fremdkörper wieder loszuwerden.

„Gut, meine Liebe. Ich lege dir warme Sachen raus, damit du es auf der Rückfahrt schön kuschelig hast."

Jodi wuselt im Zimmer umher. Hin und Her. Vom Schrank zum Koffer. Ins Bad und wieder zurück. Selig schaue ich ihr dabei zu und kann es kaum erwarten, wieder zu Hause zu sein. Mein Körper erholt sich dabei spürbar von den Strapazen des Treppensteigens.

„Ich höre übrigens mit der Schauspielerei auf“, teile ich Jodi beiläufig mir.

„Wie bitte?“

Mit einem Ruck dreht sie sich zu mir um.

„Sag das noch mal. Ich muss mich verhört haben! Du liebst die Schauspielerei und noch dazu bist du die geborene Schauspielerin.“

„Alles hat seine Zeit, Jodi. Und die Zeit der Schauspielerei ist jetzt eben vorbei.“

Ich habe mir das in den letzten Tagen gut überlegt. Besser gesagt, ich habe es gespürt. Es fühlt sich richtig an.

„Du darfst nicht aufgeben! Du wirst es schaffen und wieder Rollen annehmen können“, versucht sie mich aufzubauen.

„Darum geht es überhaupt nicht. Ich werde wieder fit. Davon bin ich überzeugt. Aber ich will keine Schauspielerin mehr sein, sondern neue Wege gehen. Völlig losgelöst von meinem jetzigen Gesundheitszustand. Verstehst du, was ich meine?“

„Noch nicht so ganz, jedoch gebe ich mir Mühe. Was um Himmels willen willst du denn stattdessen machen?“

„So genau weiß ich das noch nicht, kann es aber schon fühlen. Und wenn es so weit ist, werde ich Klarheit haben.“

Wenn ich diese Gedanken Noah mitteile, fällt er bestimmt in Ohnmacht vor Schreck. Für ihn muss alles planbar sein, in seinen geordneten Bahnen verlaufen. Eine solche Entscheidung nur aus dem Urvertrauen heraus zu treffen, ohne konkrete alternative Pläne zu haben, könnte er nicht. Ich hoffe, er wird mich verstehen. Henry dagegen wird toben. Keine Ahnung, was er zu meiner Ankunft auszuhecken gedenkt. Wahrscheinlich hat er ein schlechtes Gewissen und möchte gut Wetter bei mir machen, damit ich wieder mit ihm zusammenarbeite. Dass ich ihn als Manager gefeuert habe, konnte sein Ego nicht verkraften. Dass ich nun allerdings komplett aufhöre, wird ihm den Rest geben. Weil dann auch er kapiert haben müsste, dass er keinerlei Chancen mehr hat, bei mir zu landen.

„Du bist mir ja eine. Mit dir wird es garantiert nie langweilig. Manchmal ist es da echt anstrengend, deine Freundin zu sein, weißt du das?“

Sie nimmt liebevoll meine Hand in ihre.

„Bei so viel Aufregung und abenteuerlichen News brauche ich jetzt ein bisschen Routine. Darf ich dich hübsch machen? Ich meine, noch hübscher, als du sowieso schon bist. Du willst Noah doch bestimmt umhauen morgen. Also … was zuerst? Füße, Hände, Haare?“

Da sage ich nicht nein. Es ist herrlich entspannend, von Jodi unter die Fittiche genommen zu werden.

„Die Füße, bitte“, entscheide ich lächelnd.

Jodi kramt in ihrer Tasche nach den notwendigen Utensilien. Ich lasse das Rückenteil meines Bettes ein Stück nach oben fahren, damit ich währenddessen nicht komplett flachliege. Sprichwörtlich! Und schon morgen habe ich meine Lieben wieder im Arm. Ich kann's kaum erwarten.

TEIL 3

Glaube

an dich

selbst

und
du
wirst
unaufhaltsam
sein.

15. Oktober 2020

Mit einer Mischung aus Vorfreude und Anspannung begebe ich mich zum Behandlungszimmer meines Operateurs zur Vorbesprechung der anstehenden Operation. Krankenhäuser verursachen in mir ein ungutes Gefühl. Schon immer! Und wenn ich die Menschen betrachte, die an mir vorbeihuschen, scheint es ihnen genauso zu gehen. Alles strahlt Sterilität und Anonymität aus. Ich komme an der Radiologie vorbei. Dort fällt mir eine ältere Dame im Rollstuhl auf. Sie ist nur mit einem dünnen Nachthemd bekleidet und wartet, bis sie drankommt. Offensichtlich friert sie. Ihre Socken und Strickjacke liegen auf ihrem Schoß. Sie wirkt hilflos und traurig. Mein Termin ist in wenigen Minuten und ich sollte nicht zu spät kommen. Aber ich kann nicht anders. Ich kann nicht einfach an der armen Dame vorbeilaufen und so tun, als hätte ich nichts gesehen.

„Benötigen Sie Hilfe?", frage ich sie.

Zwei traurige und zugleich dankbare Augen schauen mich an.

„Wenn Sie mir helfen könnten, meine Socken und Strickjacke anzuziehen, wäre ich Ihnen sehr dankbar. Mir ist so kalt, aber ich schaffe es allein nicht."

Sogleich knie ich mich vor die ältere Dame und ziehe ihr behutsam ihre Socken über. Danach helfe ich ihr in die Strickjacke. Sie wird sie zumindest ein klein wenig wärmen.

„Alles Gute für Sie", verabschiede ich mich liebevoll.

Es nimmt mich mit, wenn ich mit solchen Situationen konfrontiert werde. Wie man hilflose Menschen im Krankenhaus einfach irgendwo abstellt, ist eine Schande. Noch wenige Meter, dann habe ich mein Ziel erreicht. Ich setze mich auf einen Stuhl vor dem Behandlungszimmer. Meine Gedanken kreisen weiter um die Dame.

Auch weil ich selbst erlebt habe, wie furchtbar es ist, hilflos und damit auf andere Menschen angewiesen zu sein. Es macht mir Angst, denn die Sache mit dem Fixateur ist ja noch nicht erledigt. Er hält mich weiter in einer gnadenlosen Abhängigkeit. Meine Angst wird größer und größer.

„Claire, atme ein und aus, ganz ruhig“, rede ich mir gut zu.

Die Tür geht auf. Dr. Kunst bittet mich herein, zeigt mir den für mich vorgesehenen Platz, geht um seinen Schreibtisch herum und setzt sich in seinen Bürostuhl.

„Dann wollen wir uns die Aufnahmen mal anschauen, Frau Santonie“, erklärt er.

Seine Augen versprühen Wärme. Das tut gut. Die Sekunden vergehen. Sie fühlen sich wie Stunden an. Die Anspannung wird zusehends unerträglich für mich. Konzentriert betrachtet er weiter meine Computertomografie-Aufnahmen. Er schweigt. Die Maske um seinen Mund lässt mir nur wenig Möglichkeiten, seine Mimik zu erkennen. Nur seine Augen sprechen mit mir. Ich versuche zu deuten, was in ihm vorgeht.

„Ich muss die Aufnahmen nochmals mit den bereits vorhandenen vergleichen. Einen Moment, bitte!“

Mein Herz springt mir beinahe aus der Brust, so laut klopft es. Meine Hände beginnen zu zittern. Sie sind schweißnass. Für mich hängt so viel davon ab, ihn endlich davon zu überzeugen, mir diesen Fixateur zu entfernen. Ich weiß, dass mein Körper stark genug dafür ist. Jedoch glaubt mir das von der Ärzteschaft niemand. Die Angst droht mich erneut zu übermannen. Ich steuere mit der Atmung dagegen an. Mich endlich wieder frei fühlen und freier bewegen zu können oder nicht? Gleich werde ich es erfahren.

„Also … Frau Santonie, es schaut leider nicht gut aus. Wir können den Fixateur derzeit nicht entfernen. Die Lage ist zu unstabil.“

Ich schließe für einen kurzen Moment meine Augen. Das darf jetzt nicht wahr sein! Wieso glaubt mir denn niemand? Es ist mein Körper. Ich will, dass das Ding herausgenommen wird. In mir brodelt alles. Statt Angst fühle ich nun Stärke, vermischt mit einer ordentlichen Portion Wut. Jedoch versuche ich mich zu beherrschen und taste mich erst mal langsam vor.

„Und wie gehen wir jetzt weiter vor?", frage ich vorsichtig, immer bedacht, weiter Augenkontakt zu Dr. Kunst zu halten.

„Wir warten nochmals drei Monate ab. Wenn die Wirbel bis dahin nicht stabiler und kräftiger werden, werden wir den Fixateur vermutlich überhaupt nicht entfernen können."

„Der Fixateur muss weg!", rufe ich ihm haltlos zu.

In mir explodieren sämtliche Gefühle.

„Ich kann mit diesem Teil nicht leben. Er schränkt mich dermaßen in meiner Bewegung ein. Außerdem bereitet er mir jeden einzelnen Tag unfassbare Schmerzen. Ich will nicht mehr!"

Meine Stimme hat einen energischen Unterton. Ich bin wild entschlossen, mein Ziel zu erreichen. Egal, wie!

„Alternativ könnten wir eventuell über einen kürzeren Fixateur nachdenken. Oder über künstliche Wirbelkörper", versucht Dr. Kunst mich zu beschwichtigen.

„Das ist für mich keine Alternative!"

Er hat doch einfach keine Ahnung – zumindest keine praktischen Erfahrungswerte. Schließlich laufe ich seit vielen Monaten mit einem Fixateur herum, nicht er. Woher soll er also wissen, wie sich so ein Ding anfühlt? Künstliche Wirbelkörper. Nein, danke! Das ist keinen Deut besser. Meine Wirbel schaffen das. Ich fühle es.

„Ich kann Ihnen derzeit keine weiteren Optionen anbieten, Frau Santonie. Wir müssen abwarten. Gerne aber erkläre ich Ihnen Näheres zum

Einsetzen des kürzeren Fixateurs oder wie es sich mit den künstlichen Wirbelkörpern verhält."

Hat er mir nicht zugehört?

„Nein! Wir sehen uns in drei Monaten zur OP-Vorbereitung!"

Ich erhebe mich von meinem Stuhl. Für mich gibt es nichts mehr zu sagen. In drei Monaten ist das Teil raus.

„Gut. Wir sehen uns in drei Monaten mit neuen Aufnahmen und schauen dann weiter, Frau Santonie." Dr. Kunst schenkt mir zum Abschied über seine dunkelbraunen Augen ein aufmunterndes Lächeln. Ich brauche keine Aufmunterung, sondern einen Arzt, der mich operiert. Noch während ich die wenigen Meter durch das Behandlungszimmer zur Tür gehe, schießen mir Dutzende Gedanken gleichzeitig durch den Kopf. Welche Optionen habe ich, um mein Ziel dennoch zu erreichen? Mir wird schon etwas einfallen.

14. Januar 2021

Der alles entscheidende Termin bei Dr. Kunst stand vorhin an. Was meine gewünschte OP angeht, verhielt er sich weiter zögerlich. Ich stecke den Haustürschlüssel ins Schloss und atme den wohligen Duft meines Zuhauses ein. Noah kommt mir sofort entgegengelaufen.

„Und? Wie war dein Termin? Ich habe so feste an dich gedacht und dir die Daumen gedrückt."

Erwartungsvoll schaut er mich an. Aus seinem Gesicht kann ich ablesen, dass er mich zu gerne weiter mit Fragen bombardieren würde, sich aber aus Fürsorge um mich beherrscht. Emma läuft schwanzwedelnd um uns herum. Ich streiche ihr durch ihr weiches Fell.

„Sagen wir mal so: Dr. Kunst ist nicht ganz so optimistisch wie ich. Wen wundert's. Er ist ja auch Arzt."

„Und was heißt das jetzt konkret?"

Noah runzelt die Stirn und schaut mich weiter fragend an.

„Meine Wirbel haben sich in den letzten drei Monaten wohl ganz gut entwickelt. Er ist sich aber nicht sicher, ob das schon ausreicht, um dauerhaft ohne künstliche Unterstützung zu leben."

Ich streife mir meine warmen Stiefel von den Füßen und ziehe meine dicke Winterjacke aus, die Noah sogleich entgegennimmt und an die Garderobe hängt.

„Gib mir bitte einen kurzen Moment. Ich muss erst mal ankommen. Wir reden gleich im Wohnzimmer weiter."

Erschöpft ziehe ich mich ins Bad zurück. Dort lasse ich mir kaltes Wasser über die Hände laufen und betrachte mich im Spiegel. Was ich sehe, stimmt mich zufrieden. Okay, ich sehe ein bisschen k.o. aus, sonst aber kann ich nicht über mein Erscheinungsbild meckern. Ich werfe entschlossen mein Haar zurück und freue mich auf die Couch sowie ein bisschen Ruhe. Bereits im Flur kommt mir köstlicher Kaffeeduft entgegen. Noah hat Cappuccino gemacht. Zwei Tassen stehen auf dem Wohnzimmertisch und zwei Wärmflaschen liegen auf der Couch für mich bereit. Er scheint instinktiv zu spüren, wie viel Kraft mich der Termin kostete. Daher lässt er mich in aller Ruhe meinen Cappuccino trinken, ohne ein Wort zu sagen. Dabei brennen ihm unzählige Fragen unter den Nägeln. Es ist deutlich aus seiner Mimik abzulesen. Meine Tasse ist leer und die Wärmflaschen umhüllen mich mit wohliger Wärme. Ich kuschele mich in meine Decke, lehne mich zurück und beginne zu erzählen. Noah lauscht neugierig.

„Und wie seid ihr jetzt verblieben? Das Entscheidende an der Sache hast du noch nicht erzählt."

„Am 02.02. kommt der Fixateur raus", verkünde ich mit Stolz. „Begleitpersonen sind derzeit nur leider nicht erlaubt. So etwas allein durchstehen zu müssen, ist schon echt unmenschlich, aber irgendwie werde ich auch das schaffen."

Noah schaut mich skeptisch an. So richtig mit mir freuen kann er sich anscheinend nicht. Seine übergroße Sorge um mich bremst ihn erneut aus.

„Aber du sagtest doch, dass Dr. Kunst nicht so optimistisch sei wie du. Was bedeutet das? Ist die OP dann nicht viel zu riskant?"

„Mach dir keine Sorgen. Ich habe mit Dr. Kunst einen Deal ausgehandelt. Der Fixateur wird zunächst unter Bewährung rausgenommen."

Ich spüre, dass diese Antwort nicht sehr befriedigend für Noah ist. Er nimmt einen tiefen Atemzug. Wie sehr ihn die Situation belastet, steht ihm förmlich ins Gesicht geschrieben.

„Das klappt schon. Du wirst sehen. Außerdem habe ich mir in den letzten Wochen sehr viele Gedanken um meine zukünftige berufliche Situation gemacht. Aufgrund meiner vergangenen

Erfahrungen eröffnet sich für mich ein wunderbares neues berufliches Feld. Wer könnte andere Menschen in belastenden Lebenssituationen oder Krisen authentischer unterstützen als ich?"

Neue Wärme durchströmt mich. Dieses Mal nicht von den Wärmflaschen ausgehend. Allein der Gedanke an diese neue Bestimmung lässt jede meiner Körperzellen vor Freude tanzen. Es fühlt sich so richtig an.

„Weißt du, Noah, ich finde, es ist ein großer Unterschied, ob man etwas nur gelernt oder ob man es selbst erfahren und durchlebt hat", führe ich meine Idee fort.

Noahs Augen bekommen einen leichten Glanz.

„Weißt du eigentlich, dass du etwas ganz Besonderes bist?", haucht er mir ins Ohr.

„Ja, ich weiß", antworte ich ihm in Gedanken. Ich bin's wirklich. Das durfte ich in den letzten schwierigen Monaten neu für mich erkennen. Und in etwas mehr als zwei Wochen beginnt mein neues Leben – ohne Fixateur, sondern so wie früher: Nur mein Körper und ich.

16. März 2021

Seit sechs Wochen ist der Fixateur raus. Dafür, dass ich mein langersehntes Etappenziel erreicht habe, geht's mir ausgesprochen miserabel. Mein Körper ist von der Operation geschwächt und muss sich an die neue Situation erstmal gewöhnen. Auch meine Psyche hat das Erlebte im Krankenhaus noch nicht verdaut, es war einfach zu viel. Immer wieder schiebe ich die anklopfenden Zweifel beiseite. Bin ich zu naiv an die Sache herangegangen? Ich spüre die aufkeimende Erschöpfung, die sich über meinen Körper und meinen Geist ergießen möchte. Sie will mir sagen „Lass es einfach, Claire. Genug des Kampfes und der Kraftanstrengung. Es ist, wie es ist.

Manchmal gewinnt man und manchmal verliert man."

Immer wieder tauchen Bilder aus dem Krankenhaus in mir auf und versetzen mich in Angst und Schrecken. Diese Hilflosigkeit, das Gefühl des Ausgeliefertseins, die Einsamkeit und dazu noch diese unerträglichen Schmerzen und körperlichen Beeinträchtigungen. Das hat mir wahrlich höchste Disziplin, mentale Stärke und Kraftanstrengung abverlangt. Der Gedanke lässt mich gnädiger mit mir werden. Ich gönne meinem Körper Ruhe, damit er sich Regenerieren kann, und meiner Seele ebenso, denn sie muss das Ganze ja auch erst mal wieder verarbeiten. Alles darf sein! Der Satz beruhigt mich sofort. Nichts müssen – wie wohltuend! Das ruft meinen unerschütterlichen Glauben erneut auf den Plan.

„Schön, dass du wieder da bist!", begrüße ich ihn liebevoll. An meiner Vision ändert sich ergo nichts. Ich werde es schaffen. Es ist nur eine Frage der Zeit! Dafür tue ich jeden einzelnen Tag richtig viel, unter Schmerzen, manchmal auch unter Tränen und mit einer Engelsgeduld.

14. Juni 2021

Mir geht's nach wie vor nicht gut und es besteht eine Menge Luft nach oben. Die sechswöchige ambulante Reha hat mich zwar nach vorne gebracht, mir aber auch deutlich vor Augen geführt, was alles noch nicht geht. Die aufkommenden Enttäuschungen dazu wollen gesehen werden und so habe ich allerhand damit zu tun, mich davon nicht emotional zurückwerfen zu lassen. Immer wieder richte ich meinen Blick auf das, was schon wieder möglich ist. Und das ist so einiges! Die wunderschönen Spaziergänge mit Emma beispielsweise. Wie sehr genieße ich es, wenn wir gemeinsam losziehen und unsere Runde um die

Häuser machen. Dabei weicht sie nicht von meiner Seite und drosselt geduldig ihr Tempo, obwohl ich weiß, dass sie am liebsten losflitzen würde. Aber das kommt auch noch. Irgendwann! Tägliches Training und ein achtsamer Umgang mit mir und meinem Körper sind inzwischen fester Bestandteil meines Alltags geworden. Dafür darf ich nun ohne künstliches Material in mir leben und ich bleibe weiterhin dran, mir meine Welt Stück für Stück nach meinen Vorstellungen zurückzuerobern. Ein zäher und mühsamer Prozess. Wie gut es doch ist, nicht schon vorher zu wissen, was einen dabei alles erwartet. So darf ich gemeinsam mit meinen Herausforderungen wachsen.

20. Mai 2022

Wie lange ist es her, dass ich diese mir mal vertraute Strecke gefahren bin? Sehr lange! Ich parke mein Auto ein Stück abseits vom großen Parkplatz. Es herrscht noch Ruhe auf dem Hof. Ich sehe lediglich zwei parkende Autos im vorderen Bereich stehen. Das ist gut so! Es muss ja nicht gleich jeder mitbekommen, dass ich da bin. Eigentlich möchte ich überhaupt nicht, dass mich irgendjemand sieht oder anspricht. Statt auf den Hof zu gehen, laufe ich entlang der Koppeln. Unruhe macht sich in mir breit. Ob es wohl wirklich eine so gute Entscheidung war, hierher zu fahren? Wer weiß, ob ich das emotional überhaupt verkrafte. Heute Morgen jedoch, als ich aufstand, war da dieses intensive Gefühl, dass ich es heute tun soll. Ich vertraue meiner Intuition inzwischen blind. Daher laufe ich mit entschlossenen, aber langsamen Schritten immer weiter und weiter. Dann sehe ich ihn – inmitten der anderen Pferde: Sternschnuppe! Sofort füllen sich meine Augen mit Tränen. Ich lasse sie fließen. In mir tobt augenblicklich ein Gefühlschaos. Schmerz,

Angst, Verlustgefühl wechseln sich ab mit Dankbarkeit und Liebe. Er steht friedlich auf der Koppel. Ob er mich nach so langer Zeit wiedererkennen wird? Ich gehe zum Zaun und rufe seinen Namen. Sofort spitzt er seine Ohren. Ich rufe ihn erneut, dieses Mal deutlich kraftvoller.

„Sternschnuppe, mein Schatz, ich bin's, Claire!"

Er kommt schnaubend auf mich zu. Das klingt ganz nach einem ‚Hey, hallo Claire, wo warst du denn so lange?' Sachte beginne ich seinen Hals zu streicheln und lehne meinen Kopf an seinen.

„Weißt du, Sternschnuppe, ich wollte dir unbedingt noch sagen, dass ich dir nicht böse bin. Sie haben mir erzählt, dass du völlig durcheinander warst und mich mit deinem Kopf sanft angestupst hast, als ich reglos am Boden lag. So als wolltest du sagen, ‚Hey, steh auf!' Das bin ich jetzt. Aber es war ein sehr harter Weg."

Vorsichtig reibt er seinen Kopf an meiner Schulter und schnaubt erneut.

„Alles Gut mein Hübscher!", beruhige ich ihn. „Ich bin gekommen, um mich von dir zu verabschieden. Mach es gut, mein Lieber. Ich werde nicht mehr kommen. Aber ich werde dich immer in meinem Herzen tragen und bin dankbar für alles, was wir gemeinsam erleben durften."

Ein letztes Mal streichle ich meinen einstigen Wegbegleiter. Eine friedliche Stimmung umgibt uns, während die Vögel um uns herum munter zwitschern. In meinem eigenen Tempo kehre ich zu meinem Auto zurück. Dann drehe ich mich nochmal um. Sternschnuppe steht nach wie vor am Zaun und schaut mir nach.

„Lebewohl!", flüstere ich und bin so stolz auf mich und meinen Mut, es gewagt zu haben. Damals sprach ich mit meiner Therapeutin darüber. Ich erzählte ihr, dass ich mich so gerne von Sternschnuppe verabschieden würde, mich diesen Schritt aber nicht wage. Und dann wachte ich heute früh auf und wusste, dass der richtige Augenblick gekommen war. Ich kann es selbst noch gar nicht recht glauben. Ich steige in mein Auto, starte den Motor und fühle mich anders. Etwas ist von mir abgefallen. Oder Neues hinzugekommen? Mit diesem letzten Puzzlestück meiner beschwerlichen Reise in ein neues Leben bin ich endlich an meinem Ziel angekommen und habe einen weiteren Erfahrungswert gesammelt, den ich an meine Klienten weitergeben kann. Gleich habe ich meinen ersten Termin für heute in der Praxis. Da würde es sich doch wunderbar anbieten, auf der Fahrt dorthin noch Pfingstrosen zu besorgen. Als sichtbares Symbol für den Glauben an mich, der mich so weit gebracht hat, wie ich jetzt gekommen bin. Das möchte ich auch meiner heutigen Klientin vermitteln, die noch am Anfang ihres Weges steht. Sie mag Pfingstrosen genauso sehr wie ich.

19. Juli 2022

Als wir endlich den Strand erreichen, sind die Kinder nicht mehr zu halten. Sie rennen mit Emma fröhlich um die Wette, wer zuerst am Meer ist, und jauchzen vor Glück. Ich kann mich indes an diesem Blick des kilometerlangen Sandstrands kaum sattsehen. Was für eine atemberaubende Landschaft! Und mitten drinnen Fleur, Vin und Rose, die fröhlich mit Emma herumtollen. Schöner kann das Leben nicht sein und ich bin unendlich dankbar, diesen Augenblick erleben zu dürfen. Noah legt seinen Arm um mich, ich lehne mich an ihn und wir genießen diesen kostbaren Moment. Wie lange habe ich mir diesen Zeitpunkt herbeigesehnt, wieder an diesen traumhaften und zugleich kraftvollen Ort zu kommen, den ich so sehr liebe. Phasenweise schien er für mich unerreichbar weit weg zu sein. Zu viele Kilometer liegen zwischen Hamburg und der Normandie.

Zu viele Stunden des Sitzens, was für mich ein un-
überbrückbares Hindernis darstellte. Nach einem
entspannten Zwischenstopp im entzückenden
Maastricht haben wir unser Ziel heute erreicht.
Ich kann mein Glück kaum fassen. Schnell streife ich meine Sandalen ab, nehme sie in die Hand
und genieße es, den feinen, warmen und weichen
Sand unter meinen Füßen zu spüren. Ganz langsam schlendern Noah und ich in Richtung Meer.
Unweit vom Wasser lassen wir uns nieder. Noah
breitet die große Stranddecke für uns aus. Gerade
als er alles feinsäuberlich hergerichtet hat, stür-
men die Kids mit Emma herbei.

„Könnt ihr nicht ein bisschen aufpassen? Jetzt
ist alles wieder voller Sand. Na ja, auch egal jetzt.“

Sofort schüttelt Noah die große Decke erneut
aus und beginnt mit der Prozedur von vorne.
Ich kann mir ein Lächeln nicht verkneifen. Der
normale Wahnsinn hat mich in allen Facetten
wieder.

Natürlich bleibt die Decke auch beim zweiten Mal nicht sandfrei. Schließlich gibt sich Noah ein Ruck und belässt es dabei. Wir sitzen gemütlich zu fünft auf der Decke. Dabei lauschen wir einige Minuten dem Rauschen der Wellen, das wie eine Melodie klingt.

„Ich will ins Wasser!", ruft Fleur.

„Ich auch!", stimmen Vin und Rose mit ein.

„Immerhin saßen wir mindestens zwei Minuten zusammen hier. Reicht ja auch", neckt mich Noah. „Kommst du mit?", fragt er mich abschließend und erhebt sich.

„Warum eigentlich nicht?"

„Jaaaa, hurra! Mama kommt auch mit ins Wasser", freut sich Fleur überschwänglich.

„Echt jetzt, Mama? Bist du dir sicher?"

Skeptisch schaut mich Vin an. Und auch Rose und Noah tauschen irritierte Blicke aus.

„Unbedingt ihr Lieben! Es wird höchste Zeit."

Wir nehmen uns alle an der Hand und laufen

gemeinsam ins Wasser. Emma hüpft fröhlich neben uns her. Ein unglaubliches Gefühl, als mich die Wellen von selbst immer mehr ins Wasser hineingleiten lassen. Ich hole tief Luft und tauche unter. Nach dem Auftauchen schaue ich in die glücklichen Gesichter meiner Familie. Ich fühle mich wie neugeboren.

„Alles gut bei dir, Claire?", Noah zieht mich sanft an sich. Offensichtlich traut er der Sache noch nicht ganz.

„Es ging mir nie besser!", antworte ich strahlend und schlinge mich fest um seinen Hals.

Dabei überkommt mich ein Geistesblitz. Rasch löse ich mich aus der Umarmung und versuche, meine Gedanken zu sortieren.

„Das darf doch nicht wahr sein?", flüstere ich leise in mich hinein. „Das ist einfach unglaublich!"

Noah beobachtet mich still. Die Kinder bekommen von der Szene nichts mit. Sie toben weiter im Wasser.

„Eben passierte etwas Erstaunliches", erkläre ich Noah, der mich abwartend anlächelt. Ohne ihn zu Wort kommen zu lassen, fahre ich in meiner Euphorie fort. „Meine Vision wurde tatsächlich wahr!"

Er sagt immer noch nichts. Lediglich sein Blick wird fragender.

„Nach dem Unfall hatte ich ständig die Vision, dass wir alle zusammen am Strand sind und gemeinsam Hand in Hand – mit Emma an unserer Seite – ins Meer laufen. Das hat mir über all die Jahre so viel Kraft gegeben durchzuhalten und an mich zu glauben. Und jetzt ist es Wirklichkeit geworden. Das haut mich gerade ganz schön um."

Noah schaut mich weiter nur an, sagt kein Wort dazu. Dann nimmt er mich in den Arm und haucht mir ein „Du Heldin!" ins Ohr. Der innige Moment zwischen uns ist nur von kurzer Dauer. Fleur kommt angeschwommen.

„Mama, wann gibt's Essen?", fragt sie.

„Au ja, Essen. Hab auch Hunger", stimmt Vin sogleich mit ein. Nur Rose schwimmt weiter wie ein Fisch im Wasser und lässt sich von niemandem und nichts stören.

„Gleich", sage ich, löse die Umarmung von Noah und nehme ihn an der Hand. Gemeinsam gehen wir vom Wasser zum Strand zurück, lassen uns auf der Decke nieder. Die warmen Sonnenstrahlen erwärmen unsere nasse Haut. Ich bin vollkommen im Hier und Jetzt. Dabei gibt es kein Gestern und auch kein Morgen, sondern nur ein unbeschreibliches Gefühl von Leben.

Nachwort der Autorin

Wir meinen immer zu wissen, was morgen kommt. Doch das tun wir nicht. Von einem Moment auf den anderen kann sich das Leben schlagartig verändern. Danach ist unter Umständen nichts mehr, wie es vorher war. Veränderungen kündigen sich in den seltensten Fällen lautstark an. Sie begrüßen uns unvorhergesehen und teils mit voller Wucht. Wir können sie gar nicht oder, wenn überhaupt, nur bedingt kontrollieren. Widerstand, Festhalten am Alten und Vertrauten ist meistens zwecklos und verursacht eher noch mehr Leid. Stattdessen dürfen Menschen das annehmen lernen, was ist. Und auch wenn es schwerfällt, so zählt Vertrauen in einem solchen Moment zu einem der wichtigsten Faktoren. Alles im Leben geschieht zu unserem höchsten Wohle, davon bin ich überzeugt. Ich weiß, wie schwer es ist, in den dunkelsten

Stunden daran zu glauben. Schafft man es und lässt sich ein auf den ungewissen Weg, kann inneres Wachstum und Weiterentwicklung beginnen. Das ist eine echte Kunst und gleichzeitig Herausforderung. Mir hat dabei mein unerschütterlicher Glaube geholfen. Ich glaubte daran, dass alles möglich sein kann. Auch Dinge, die andere für unmöglich hielten. Dieses starke Gefühl begleitete mich im Herzen auf meinem eigenen langen Weg zurück ins Leben. Es hat sehr viel Kraft, Mut und Ausdauer gekostet, bis ich schlussendlich gestärkt aus dem Erlebten herausgehen durfte.

Mein Dank gilt allen Menschen, die mich in der schweren Zeit getragen, liebevoll begleitet und nach Kräften unterstützt haben. Allen voran meinem einzigartigen Ehemann und unseren beiden großartigen Kindern.

Mit meinem Kurzroman möchte ich dich ermutigen, in schwierigen Lebenssituationen stets daran zu glauben, dass du über dich hinauswachsen und wie Claire oder ich das Unmögliche möglich machen kannst. Werde zur kraftvollen Regisseurin beziehungsweise zum kraftvollen Regisseur deines Lebens und drehe deinen eigenen Film!

Über die Autorin

**Astrid Florence Cassing –
Rechtsanwältin, Mediatorin**

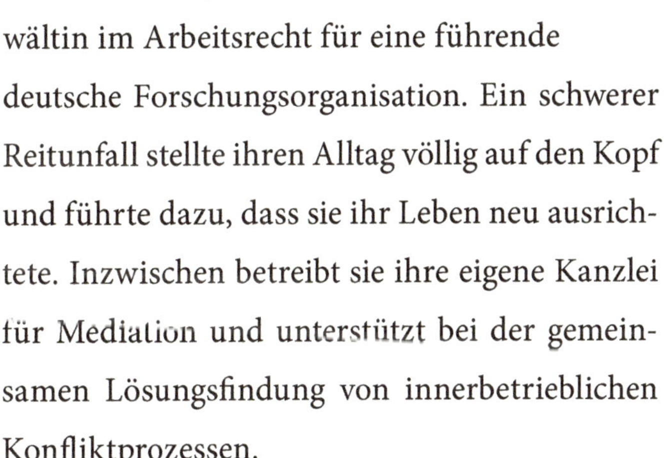

Astrid Florence Cassing lebt mit ihrer Familie in Süddeutschland. Viele Jahre wirkte sie als Syndikusrechtsanwältin im Arbeitsrecht für eine führende deutsche Forschungsorganisation. Ein schwerer Reitunfall stellte ihren Alltag völlig auf den Kopf und führte dazu, dass sie ihr Leben neu ausrichtete. Inzwischen betreibt sie ihre eigene Kanzlei für Mediation und unterstützt bei der gemeinsamen Lösungsfindung von innerbetrieblichen Konfliktprozessen.

Weitere Infos unter:
www.cassing.de